风

铃

张文龙 著

文汇出版社

图书在版编目（CIP）数据

风铃 / 张文龙著. —上海：文汇出版社，2021.7
ISBN 978-7-5496-3627-3

Ⅰ. ①风… Ⅱ. ①张… Ⅲ. ①故事－作品集－中国－
当代 Ⅳ. ①I247.81

中国版本图书馆CIP数据核字(2021)第148576号

风 铃

作　　者 / 张文龙
责任编辑 / 熊　勇
特约编辑 / 凌　翔
出版策划 / 唐根华
书名题词 / 夏林杰
装帧设计 / 金雪斌

出版发行 / **文匯**出版社
　　　　　上海市威海路755号
　　　　　（邮政编码200041）
印刷装订 / 三河市嵩川印刷有限公司
版　　次 / 2021年7月第1版
印　　次 / 2021年7月第1次印刷
开　　本 / 710×1000　1/16
字　　数 / 210千
印　　张 / 11.5

ISBN 978-7-5496-3627-3
定　　价 / 58.00元

张文龙的眼睛
——代序

戴平

　　《风铃》收集了张文龙先生所作的14篇中短篇小说，计十余万字。除了有几篇曾经收录于他其他的集子中，大部分都是这几年新创作的，从未发表过。这是作者30多年来从事文艺创作在小说方面的一次检阅，也展示了一位当代文化人富有的精神家园，很值得人们到里面去看看。

　　张文龙先生以前侧重于写剧本，其中颇享盛名之作是沪剧《女人的眼睛》。此剧经长宁沪剧团上演后，公演150多场，由中央电视台向全国直播，2000年获全国电视戏剧金奖。这里，我也想从他的眼睛谈起。

　　张文龙先生的眼睛一直是明亮而有神的，他的眼睛一直睁得大大的，密切地注视着当下的现实生活，善于捕捉与民生息息相关的各种题材。纵观本书的所有文字，一个鲜明而强烈的特色是：直面民生，关注现实，歌颂光明，鞭挞丑恶，接地气，扬正气，树新风。无论是《风铃》《泥沙》，还是《汤团王》《瓜农》等作品，都有浓烈的生活气息，表达了作者强烈而鲜明的爱憎。

　　张文龙善于编故事，所以写的小说也很有可读性。本书中好几篇小说都捕捉到了上海改革开放后的长镜头。《风铃》聚焦于蓝领小人物，写出了他们养家糊口的不易，对于生活中各种磨难、压力的抗争，以及他们积极向上的处世态度。个中跌宕起伏的经历往往令人惊叹和同情。

　　其中，中篇小说《汤团王》也是很有兴味的一篇。它描写了一个民营企业家从发家致富到衰落的全过程。只有初中文化程度的汤序穆，因为自己姓汤，开了一家汤团店，店名就叫"汤团王"（也有点滑稽的味道）。汤序穆依靠自己的魄力、勤奋、打拼和钻研，制作出了一种美味的汤团。"汤团王"在上海餐饮界声名鹊起，短短两年之内，"汤团王"在全市各区建立了20多家门店，还在全国各地建立了分公司。美国总统夫人访华时也慕名前来品尝，"汤团王"很快变为沪上最著名的民营餐饮企业。但终究因为老板的文化水平不高，使用家族式的经营管理体制，汤序穆把妻子的那些已经或濒临失业的嫡亲姐妹，全部安插到各个门店当老板，她们围绕着经济主控权、股权、财富、地盘的分配，展开了激烈的纷争，甚至反目成仇，最后因利益分配问题引起内讧，导致全线落败。汤序穆一死，"汤团王"解体。作家借一个外国人霍伯特之口评论道："中国的民营企业家在依法营销的各个方面，距离现代真正的市场经济，还有相当长的路要走！"这个故事是耐人寻味的。因为现在中国还有不少民营企业家仍在沿用"汤团王"的管理模式，他们的发展前景同样堪忧，因而这个故事有很强的现实意义。

张文龙先生是国家一级导演，又是一位著名的电视新闻工作者。这位"文革"后恢复高考的大学中文系高材生，20世纪80年代初通过招聘考进上海电视台，曾经执导过《阿东门的街》幽默晚会，推出了主持人叶惠贤，帮助过著名滑稽演员王汝刚、毛猛达等，让他们在电视节目里崭露头角。荣获"好男儿"称号的上海戏剧学院藏族学生蒲巴甲，就是在他执导的历时17小时的《"好男儿"全国总决赛》电视直播节目中胜出的。新闻工作有得天独厚的条件，使其有条件广泛地接触到各阶层人的生活和事件，文龙先生是一个有心人，和有些蜻蜓点水式采访的记者不同，他善于积聚素材，善于以小见大，善于从矿石中发现美玉，塑造出一个个栩栩如生的艺术形象。他如鱼得水地两栖于新闻和文艺界，如鱼得水地两栖于戏剧与小说创作。他在电视台创意、导演大量综艺节目的同时，不断有戏剧、影视和小说、散文、评论作品问世。这是极为难得的。

我结识许多新闻记者，他们在离开了自己钟爱的采访岗位之后，不少人便无所事事了。因为他们不善于将新闻素材创作成文艺作品。张文龙先生则不然。他早在 20 多年前，就为自己设计了另一个艺术创作的空间，学会了文艺创作的十八般武艺，学会了运用自己拥有的生活泉水来酿造艺术美酒，因而即使在退休后，他照样活得很充实，依旧像陀螺一样旋转不停。

张文龙是一位勤奋高产的剧作家。他的剧作涉及多个剧种，他不仅擅长写滑稽戏和沪剧，还创作了昆剧、京剧、话剧、越剧、电视剧、轻喜剧和音乐剧。这样的戏剧创作的多面手和高产作家，在专业编剧队伍中也不多见。他是剧作家这一行中的"杂家"。可惜，这样的"杂家"太少了。现在戏剧界正闹剧本荒，如果能多几位张文龙式的剧作家，这样的局面一定会大有改观。现在，他笔耕不辍，又开始投入小说的创作，可喜可贺。

张文龙能取得上述宏富的成就，除了有一双特别明亮的眼睛，善于捕捉和积聚素材外，还有一个不可或缺的重要条件：勤奋。20 世纪 80 年代初，我在北京大学进修美学时，朱光潜先生曾对我说过："有些人天资颇高而成就平凡，他们好比有大本钱而没有做出大生意；也有些人天资并不特异而成就则斐然，他们好比拿小本钱做出了大生意。这中间的差别就在努力与不努力。"这是真理。张文龙有很高的智商，文学底子好，又肯努力，能吃苦，于是，"小本钱做出了大生意"。他作为上海文广新闻传媒集团综艺部的首席导演，主创并导演的各类文艺晚会和专题节目多达几千个。30 年来数十次荣获中国电视艺术最高奖——星光奖、金鹰奖和金菊奖、兰花奖，展现了他在电视综艺节目编导方面不凡的创意策划能力和卓越的组织驾驭才华。他也曾是民进上海市委的常委，平时本职工作和社会活动十分繁忙。有人问他，你怎么能挤出时间来写出这么多的剧本、小说、小品和散文？他回答说："不会打麻将，基本不打牌，长做'宅男'呗！"我在同他的交往中发现他还有一个特点，就是做实事，不钻营，不为自己的职级地位的升迁去应酬周旋、花费时间精力，这便是他能在做好大量电视台综艺节目的同时，挤出时间来创作出那么多的戏剧和小说的秘密。

张文龙先生还是上海白玉兰戏剧表演艺术奖的评委。此前，他曾经担任了八届"上海白玉兰戏剧表演艺术奖颁奖晚会"的总导演，每次都是用极有限的经费，呈现出活色生香、高贵大气的精彩舞台。近八年来，我有幸和他一起看戏、评戏，友谊日深；对他的为人和艺术取向的鲜明态度，十分敬重。承他信任，要我为这本大作写序，其实我是不够资格的。却之不恭，在拜读了十余万字的文稿后，写下了上述这些零星的感想。新的一年来临了，又一个创作的丰收年来到了。我期待张文龙先生更多有影响的作品问世。

（作者系上海戏剧学院教授，中国著名文学评论家）

目 录

序...01

风 铃...01

泥 沙...16

良 心...25

套 路...31

汤团王...42

坎 途...68

情 书...72

席梦思谶语...86

瓜 农...92

君黛与氓...109

飙 字...125

耍 横...141

红 颜...145

到底何求？...154

【后记】我的文学之路...171

风 铃

深夜，都市近郊的集镇早已归于沉寂。

"叮叮当当，叮叮当当……"悬在我家店堂门口的风铃又急促地击打了起来，突兀而又神秘，飘逸而又让人心惊肉跳。当然，它也带给我狂喜，说明老公——强已经回到了家！

其实，我何曾睡着过，赶紧按亮了床灯，看了一下墙上的电子钟，哎哟，已经是凌晨五点了！嗯，说明强今天代驾的单子接了不少，赚得一定不错！

"侬哪能介晚回来？"我故意嗔怪了一句。

"多做了几单。侬勿欢喜？"强拎着电动滑板车进来，轻描淡写地回答。

"打侬手机，为啥勿回？"我揉了揉眼睛，继续拷问。

"我腊（在）开滑板车，回侬手机，要出人性命格！"

"噢，快去汏把浴，早点来困觉（睡觉）。"

"嗯。"

怕惊醒睡在小阁楼上的女儿铃铃，我就听见他轻手轻脚地在门背后放好了二十多斤重的滑板车，这辆德国造的折叠式电动滑板车，是今年初，我咬咬牙，帮他买下的，——既是为了支持强的代驾工作，也是为了让他早点回家。虽然，价钱比国产车贵了一倍，但它结实耐用，比国产车跑得快多了，时速，竟然能达到五十五公里。

我彻底醒了，等待着强睡到我的身边。毕竟，我还是个三十出头的女人，老公回来，我的期盼也就随之而来。但，没有听到他冲澡的声音，也没有见他像往常那样睡到我的身边，随后对我动手动脚。

今天怎么啦？这家伙在干吗？

我披上外衣，起身去查看。发现他已经在三人沙发上睡着了，头上还绑着绷带，里面还有鲜血在渗出……

我焦急地把他摇醒："侬被啥人打了？伤得重不重？哪能桩事体（怎么回事）？"

"还好，不过破了点皮而已。"强还是那么轻描淡写，"怕侬受惊吓，所以我困（睡）沙发。"

"伊拉（他们）为啥要打侬？"

"我拿伊格（他的）兰博基尼撞了一只瘪塘（凹陷）。"

"啊？兰博基尼，值几百万来！难么闯穷祸了（闯大祸了）！伊要侬赔多少？"我最关心的当然是钱。

"伊讲，兰博基尼修补，至少要花费一万块！"强还是那么淡定。

"一万块啊？难道伊没做过保险？"

"勿晓得。我讲，拿勿出介许多（这么多）铜钿（钱）。"

"难么，伊就动手打侬？"我撩起强的汗衫查看，"其他地方受伤哦？"

"没。"

"侬还手哦？"

"没还手。怕伊告到远东公司去。"

"为啥勿打110？"

"还是怕伊告到远东公司，拿我开除。所以，我写拨（给）伊一张欠条。"

"啊？迪个月，侬等于白做了！"我的眼泪快掉下来了，"侬拿伊格地址拍下来了哦？"

"拍下来了。"

"发拨（给）我！"我对天发誓，"我要想办法拿迪张欠条追讨回来！"

强反而来安慰我："算了，破财消灾嘛，还是保住饭碗要紧！侬讲对勿对？"

我还是咽不下这口气！当然，强讲的，也是有道理的，否则，两年前，我也不会动员他去当代驾。

自从强被远东代驾公司录取为代驾司机，他早上一般都比我起身晚一些。然后来不及吃早饭，先用滑板车送女儿上学，回到家，吃几口饭，就帮我收银或者进货。白天，强有时也能接到单子，但大部分的单子都发生在晚饭以后。所以，放学接女儿回家，也是他承包。父女俩踩着电动滑板车，一路欢歌笑语开回家，看了让人嫉妒。

强每次晚饭都吃得比较早，随后就穿上白衬衫、黑色的马甲，系上红色的领带，整装待发。只要远东公司的信息一到，强就踩上滑板车，像箭一样地射出门去。伴随他的，是碎银撒地般的一片风铃。是在奏响的欢送乐，还是我心中挽留他的鸣唱？只有天知道。

强义无反顾地开始接单代驾。人自然很辛苦，但生意还不错。现在，他出门时，脸上总是漾着微笑。

强加盟的那个远东公司，代驾的收费还算比较公道，早上6点到晚上10点的起步价为36元，超出10公里后，每5公里另外收取20元。晚上收费稍微高一些，加20%。一个月下来，除去缴给代驾公司管理费后，强的收入都在万元左右。如果光靠店里销售日用品的那点收入，对付房租和养家糊口，还马马虎虎。若再要支付女儿入学、外教的所有花费，就显得有点力不从心了。

我拉强回到了床上，他背对着我躺下，还不到一分钟，就鼾声如雷，像老旧的摩托车在发动。他一定是太累了，立马就睡着了。

我只得关了灯，望着漆黑的天花板胡思乱想。

通常，风铃的奏响，都是发生在子夜的前后。强这时刚完成单子，回到家里。

洗完澡，他就钻进被窝，与昏昏欲睡的我缠绵一段时间，直到把我的睡意完全消灭，让我也进入亢奋状态。

之后，随着情感的渐渐平复，他会喋喋不休地跟我泡上一会儿"枕头粥"，向我"汇报工作"，讲述今天代驾一共接了几单，遇到了哪些客人。

作为强的女人，我得承认，其实这是我很想听到的。但是，我还是装得漫不经心，一切都无所谓的样子。但说实在的，强的大多数的讲述还是十分冗长和乏味的。

譬如，端午那天晚上，强说，他通过公司的微信平台，一共接了六单，五男一女。他先说那五个男的，穿得还算时尚，但开的都是二手车，不是大众，就是丰田什么的。内饰也十分陈旧、邋遢，还常常弥漫着永远挥之不去的烟草味和白酒的混合气体。客人大多数没有喝醉，但都慑于禁酒令，邀我来代驾，将他们送回家。一旦到了家，有个别车主，就在车费上跟我讨价还价。哼，这点小钱都不舍得花，还开什么车啊？

今天订单的客人中，还有一个中年女子，打扮虽然低调，开的却是崭新的E400大奔。

"肯定是个小三！"我相信自己的判断。

何以见得？

你看她，醉醺醺、摇摇晃晃地站在酒店门口，要不是那个胖男友扶着她上的车，她早就瘫倒在地了。但那男的给了我车主的地址、她老公的手机号码和200块钱后，吻了她一下，就匆匆离开了，连送她回家的勇气都没有。如果车主是自己的老婆，怎么可能这样应付？！

听到这里，我紧盯住强的眼睛，考量着强的忠诚："格么（那么），看伊（她）醉得来迪副样子（醉成这样），侬就真的介（那么）规矩？没有趁伊困着（昏睡），捞点外快？"

"小心眼，真没劲！赚钞票还来不及，有空格，还去想迪种事体！困了！"

强真的生气了，独自睡去。我满意地微笑着，扯了他好几次，他都不搭理我。

"叮叮当当，叮叮当当……"门口的风铃又响了起来。谁让我们开的是小超市，一定又引来了一只胆大的老鼠。明天，我得去买个鼠夹，把它逮住。那么，它是从哪里蹿进来的呢？一定是它撞着了风铃边上那用亚克力材质做的海豚或是明珠挂件，空心的风铃铝管才会发出悦耳的声响。

这件帆船风铃，是两年前，我们带着铃铃逛附近的一家大卖场时，铃铃吵着要买的。上面是木质的蓝色多桅风帆，下面是一串光灿灿的铝管。据导购说，它能增强我们家的风水（风铃为风，有船就有水），而且跟我们房间里海洋风格的家居用品很搭，于是我们就依铃铃，买下了这款东东。其实，它的妙处并不仅限于此，有了它，就如同一些品牌小超市的门口，都装有的红外线门铃，具有报警的功能。只要有人进出，都会发出清脆的声响。这不，现在连老鼠都难以逃脱它的监控。厉害吧？

对我来说，风铃的主要功能不在于报警。只要它一响，我就知道强回到了家，悬着的心就放了下来，情感和生理上的某种需要也随之被调动了起来，这是真话。

记得有一天，强回到家，见他一脸的怒气，我就问，吵架了？

"是的，还惊动了110呢。民警赶到现场，他们发现我和一名乘客在互相责骂，吵得面红耳赤，就把我们带到派出所。那个人姓李，松江人，那天他因应酬在外喝酒到凌晨。自然是喝多了，就通过拨打远东公司的电话找到了我，我开着他的帕萨特送他回家。因为在远郊，我是开得急了点。那天回家，由于电瓶车的电用完了，那条线上又没有夜班车，于是，我只能打的回家。那个花费，使我这一单几乎没挣到钱。不料，李某第二天醒来，收到了自己车子在凌晨违章闯红灯的短信，通知他：需扣2分，罚100元。于是，这个李总一团莫名的怒火燃起，立马打电话约我晚上到美罗城门口碰头。"

"一见面，他就训斥我：你开车技术那么差，素质那么低，当什么代驾司机啊？！"

"我当然不服气咯，便跟这个姓李的理论了起来。大家越吵越凶，最终我和他打了起来。当然是他先动的手，我只有遮挡的余地。后来，我发现自己有颗门牙被打得晃动起来。"

"好心人叫来了警察，就把我们一起请进了警署。我担心，此事被远东公司知道了会炒我鱿鱼，所以在民警的调解下，我表示愿意为此次违章埋单。那个晚上，我亏了，加上接下来补牙的花费，差不多花了两千多块！我亏得好厉害啊！"

"以后，长点记性！"我点了一下强的脑门。

后来证明，强的记性确实是长了。

"叮叮当当，叮叮当当……"清脆的音乐又弹唱了起来。它真的是一个天才的作曲家和热爱音乐的小精灵，因为，它演奏的每一首曲子都是不一样的，又是那么空灵和动听。这么好听的乐曲，即便在音乐厅，也未必能够听到……然而，作为强的女人，听到风铃，我的心情好矛盾，——响得早吧，我嫌强接的活儿太少，影响收入；响得太晚，我又感到十分的孤独，并担心强的安全。

那天，强躺在我的怀里，情绪特别好，打开了话匣子，讲述的一个个故事，就像风铃的曲子，从不重复、克隆——

干代驾这一行也有行规，软件一开，有单就要接。有一天，我一直忙到第二天的清晨四点多。我把最后一个客人送到赵巷，坐公交回到家里，刚躺下休息，因为忘记关掉代驾软件，早上七点半，又来了一单，只好硬着头皮轻声起床出门，都没敢惊醒你。

表面上代驾比较自由，但会遇到的烦心事也不少。有的客人酒喝多了，把我当私人司机使唤，还有的唠唠叨叨，甚至质疑我不会开车，也有的把车钥匙往我手上一扔，说不知道车在哪里，让我到酒店四周自己去找。有时候客人吐在车上，洗车店的师傅不愿洗，我只好自己动手去帮忙清除车里的污物。还有的时候把客人送到目的地,对方拍拍口袋,说身上没有现金,我也只好自认倒霉。

代驾必须保证行车的安全。但有的车主觉得车是他自己的,总喜欢指手画脚。有一次,我送一男一女到海门去。我开车很稳,速度不快,那个女子不高兴:"你能不能开快点,我这可是保时捷啊!"我没跟她争,只是回了她一句:"可以啊,我先录个音,如果发生事故,都跟我没关系,我也想体验一下你的豪车的速度呢!"她的男友不好意思了,赶紧出来打圆场:"她喝多了!你不必在意,对不起了!"

看到没,我成熟多了。

我们是按照行驶里程和时间收费的,跟车型的好坏无关。不管开什么车,赚的钱都一样。不过,开豪车,神经还是会绷得更紧一些。

做代驾技术要好,尤其是停车。半夜送客户回去,一般停车位都满了,碰到勉强可以停的空位,也要想办法停进去,还不能把车给刮坏了。

看到吗,我渐渐从代驾的"必然王国",迈入了"自由王国"。

遇到"牛人",我学会了智斗,搬出警察来镇住耍赖的客人。

有一次接了个喝多了的客人,将车厢里的空气污染得非常糟糕。一路上说话很大声,他根本看不起代驾,还不停吹嘘自己多牛。尤其是对自己的车牌有3个"5",更是吹嘘得不行。

"其实他那辆现代,新车也就十多万元,车牌牛,有什么了不起。"我心里在嘀咕。

到了目的地,这个客人不肯付钱,我悄悄按了手机上的录音功能。不付钱也就罢了,他还骂骂咧咧的:"我打几个电话,叫来两三百人砍死你!"

我听了,当然很生气,却故意问他:"你叫两三百人来要多长时间?"

客人说:"半个小时。"

我说:"好,那我一个电话,十几分钟就能来四五十号人,而且还有枪,你信不信?"

客人说不信。

我说："就冲你刚才说的，属于聚众斗殴，还说要砍死人，性质很恶劣。我已经用手机录了音。我只要打个110，警察马上就来了，你要不要试试？"

这几句话一说，客人酒醒了一半，乖乖地付了钱。

我从他的后备厢里卸下了自己的宝贝，骑着它，在宽阔的近郊马路上飞驰。那架势，有点像在林海雪原上滑雪，心和车都插上了翅膀。天气已经凉了，没有了夏日那无数撞脸的飞虫。路灯很亮，有点耀眼，马路被照得像撒了一层银屑。车少人稀，空气中弥漫着庄稼和青草的清香，让人非常惬意。一路上，我双耳插上耳机，欣赏着白天下载好的王菲的《红豆》等一首首歌曲，听得如痴如醉、浮想联翩，星空和烦恼都被扔到了脑后……

那天运气实在好，半途中，又连续接到了四单。最后一单的目的地，就在离家一公里的地方。真要感谢老天！锂电池的电，其实快用完了。

有次接单，那个中年女子并没有喝酒，还是请我来代驾。我是在附近一所监狱的门口接的单。那女的喷了一身香水，很刺鼻。她从狱中接出来自己的男友，坐在贴着黑膜的后排。令我难以想象的是，他俩居然在我的后脑勺玩起了嘿咻！搅得我心旌摇晃，开车时，思想难以集中，差点撞上了一辆土方车……

听强说到这儿，我都笑喷了："哪能到今朝，侬刚刚告诉我介许多的怪事？"

"当天告诉侬，怕侬听了生气！"强狡黠地一笑。几分钟后，他独自睡着了。

我的兴奋点还未过去，只能起身打量起我们的小超市来。30多平方米，前店后卧，开设在近郊花篮镇的闹市弄堂口。这里的房租比较便宜，一年才四万元。要是在大都市的中心街道开店，即便一个月的房租，也都要四万元以上。

那天，吃过午饭，我借口去出席铃铃所在学校召开的家长会，让强帮我看店。其实，我到街道的居民法律援助中心，找到了非常热心的马律师。我把强因代驾被客户讹诈一万块的事告诉了他。他稍微思考片刻，就给了我一些很有用的建议：

"首先，你去找到车主，问他，兰博基尼应该投过保险，这种剐蹭的维修是不需要自己花钱的。除非他没有给兰博基尼续保，这就涉及违章驾驶和故意讹诈。如果是后者，我来帮你打赢这场官司，讨回那张欠条。"

我听了连连点头。然后乘地铁和公共汽车赶到了兰博基尼车主家，但结果扑了个空。回家后，我也没有将此事告诉强。我怕他阻止，也想等事情解决了，给强一个惊喜。

强的接单，多半发生在晚上八点以后。这时候，来店铺里买东西的顾客也渐渐稀少了起来。女儿铃铃往往趴在账台上做功课，我呢，在添放和整理货架上的各类商品。

此刻，强强的手机往往就响了起来。

"您好！这里是远东代驾公司，我是 M555 号驾驶员强强，请报一下您的确切位置……噢，请您现在就走到酒店门口等着，我在五分钟之内赶到！"

接下来就是：强系好那个内装各种证件的腰包，从门后提了那辆电动滑板车，匆匆跑出家门。

他很少跟我告别，我也不去怨他，毕竟，他是赶去挣钱，又不是去做什么见不得人的坏事。再说，我们也是结婚八九年的老夫老妻了，不再需要太多的浪漫和缠绵。

当然，风铃响后，强就离家远去，我的心也随之被劈成了两瓣。一瓣，在关注门店的生意和女儿的功课、起居；另一瓣，还是为强所牵挂和祈祷：今天，你会碰到怎样的顾客呢？男的还是女的？上帝保佑，路上，千万要小心，不要遇到坏人（尤其要防备那些没有道德底线的坏女人）！

到了半夜，只要一听到风铃奏响，我的心就会狂跳……

因为强有几次的讲述，还是让我心惊肉跳；更有一些奇闻，让我妒火中烧！甚至，有几次，我对他怒吼道："明天开始，你再也不要去接单了！"

话虽这样说，第二天，强出门接单时，我也没有去阻拦。

　　你们一定会笑话我，以前那些河东狮吼，明显地具有更年期妇女的某些临床表现。但是，如果你们听了强的那些口述，或许你们会为自己的寡闻而觉得羞愧。

　　那天，强只接了两个单，十点多就回到家里，这种情况，以前很少有过。

　　强回到家后，给滑板车充上电，就坐在店铺里，望着风铃发呆。我发现今天强有点不对头。正好也没有了客人，我就提早关门打烊。放下了卷帘门，我快速给铃铃洁身睡下，然后，就开始了对强的"审问"。这个过程，我学强的做法，试着用手机偷偷录下，你们也是听过算数，切勿外传噢！

　　哎，发什么呆啊？

　　强笑笑，没有啊？

　　看着我的眼睛，不要跟我玩小聪明！你那点花花肠子，我还看不出来？今天遇到谁了？

　　一定要听？

　　一定要听！

　　那好，听过算数，不得外传！那天，我遇到清江区国土局孙副局长了！他叫来的代驾就是我。我认识他，他不认识我。

　　以前，没听你说起过这个孙副局长……

　　他是我小学里别的班上的同学。后来看电视，才知道他现在已经升为清江区国土局的副局长了！

　　今天，他喝醉了？

　　喝醉了。

　　"八项规定"忘记了？

　　吃不准是什么性质的宴请，反正是孙副局长喝醉了。我往他的宝马后备厢里放滑板电瓶车时，发现后备厢里堆放着三个拉杆箱，有一个由于装得太满，裂开了很大一个口子。我掰开后，打开手机上的手电筒功能，仔细一瞧，里面竟是一捆捆百元人民币！毛估估，至少有一千万元。我的心在狂跳，有生以来，我从没有看到过这么多钱！我想，这绝对不是正常的交易。正常的交易，款项都是从银行走的，他们却有这么多的现金！天啊，我做代驾、开小店，一辈子都不可能挣到这么多钱！而他，只要批给人家一块地，人家就会用这么多钱来孝敬他！

我又想，反正这笔巨款估计是外快，如果我拿走一叠，塞在腰包里，应该不会被人发现的。即使以后被他发现，谅他也不敢去报案。类似的例子，媒体上披露得够多。是的，我当时确实犹豫了一下。为什么？我不是欠兰博基尼车主一万块吗，这时如果拿掉一叠，他们很难发觉。当然，犹豫再三，最终我还是没有拿。因为，我从小没有这种习惯。

一路行驶中，这个孙局玩世不恭的屁话还特别多，一套一套的，说个没完。他问我，你知道，中国最有效的法律是什么。

我回答，我一个小百姓，哪懂法律啊？

告诉你，小老弟，是酒驾治理法！要不，以前这辆车，还不都是我自己开回去的。

孙局，你不是有司机吗？

这个你就不懂了，有些事，不能让司机看到。你说我们官场风气不太好，这我承认。有人说我们当官的人，清晨起床，打拳；上午开会，打盹；中午吃饭，打嗝；下午上班，打哈；傍晚加班，打牌；晚上娱乐，打洞；深夜回家，打架。

我听了，差点笑出声来。

还有呢，有几句官场语录，叫作：狠抓就是开会，管理就是收费，重视就是标语，落实就是动嘴，验收就是喝醉，检查就是宴会，研究就是扯皮，政绩就是神吹，汇报就是掺水，涨价就是接轨。

今天，我在验收，于是就喝醉了！

现在，八项规定就是专治你们的，你还敢喝啊？！

所以，我就把司机支走了。说句真话，这一两年，我的应酬少了许多。熟悉我的人，还以为我在减肥呢。世道怎么会变成这样！……说着，说着，他渐渐睡着了。

我把孙副局长送到家，那是一幢超级豪宅。屋前屋后，都有一百平方米以上的花园。小区里到处都是参天大树，几十幢别墅潜伏其中。他的夫人在门口付给我车钱后，赶紧撵我走。然后，她打开电子伸缩门，自己将车开到别墅的玻璃钢雨棚底下。我躲在他们门外的一棵大树后面，看到他的夫人先是打开后备厢，一箱一箱往家里运钱。运完钱后，才打开车门，将孙副局长扶上门前的台阶。嗨，这个见钱眼开的女人，先解决钱的问题，然后再顾及自己的老公！

驾驭着娇小的滑板车赶到地铁的回家路上，我还是接到孙副局长的太太打来的电话，她问我：看没看到后备厢里的钱币？我骗她：晚上急着赶回家，哪里有"看野眼"的闲情逸致！她说，你即便拿去也毫无用处，那些钱，都是假币！我先生是公安，专门收缴假币的！

这个愚蠢和大胆的女人，以为我不认识孙副局长，竟编造出如此拙劣的谎话！

当然，我也很后悔，我不时在骂自己傻瓜！孙副局长反正是醉酒，拿走一捆钱，他怎么搞得清楚？没有下手的我，现在多少有些后悔！我曾想去政府纪检组揭发孙副局长，但人家政府机关早已下班；同时，又生怕惹上祸，也就放弃了。所以，后来的单子都没兴趣去接！

哦，原来是这样！怪不得，你回到家，一直在发呆！算了，别再去想这件事啦！真的拿了一捆钱，我们俩会天天睡不着觉的！生怕哪一天会被牵扯到案子中去。

确实是这样，强说。

"侬都是为了迪个家！"我抚摸了他的脸，"连去亲戚家做客，侬也随身带着电动车呢。"

强的心态终于也调整了过来，开始把兴趣放到了我的身上。

可能是我们的动作大了一点，风铃又晃动起来。似琴，似笛，似歌，似舞……

我们好过之后，我问强，看到你最近买了好多书啊。

强点点头，望着天花板，认真地说："真的，我渐渐爱上了代驾这门活儿。"然后，他唠唠叨叨地诉说起他的思考——

你说我们代驾者像蚂蚁，还是像工蜂？可我不觉得是这样！我觉得自己是个自由的人，这个自信使得我的车技和服务态度越来越好。我讲个故事给你听，1560 年，瑞士钟表巨匠布克在游览金字塔时，做出石破天惊的推断："金字塔的建造者绝不是奴隶，而只能是一批欢快的自由人！"因为，布克有自己的体会，他在监狱中只能做出相差十分之一秒的钟表，而出了监狱，他获得自由，就能做出误差低于百分之一秒的钟表。而在当时，全世界的人都把布克的这种说法当作一个笑话，不以为然。因为，在此之前，全世界的普遍看法是，金字塔是由 30 万奴隶建造的。400 年之后，2003 年，埃及最高文物委员会宣布，通过对 600 处墓葬的发掘考证，金字塔是由当地具有自由身份的农民和手工业者建造的，而非希罗多德在《历史》中所记载的由 30 万奴隶建造的。后来，布克成为瑞士的钟表之父。

我给强泼冷水："但是，你即便再有思想，毕竟还是个打工者！睡吧——"

"好的。"强和我都去了一次洗手间，躺下后，各自很快进入了梦乡。

这时，如果风铃再响起，也唤不醒我了。

又过了若干天，强在向我"汇报"当晚的代驾时，显得吞吞吐吐。作为女人，我盘根问底，绝不会放过任何蛛丝马迹。不过，这样做的后果，便是听得我火冒三丈——

那晚，我送一名喝醉的女老板回家。当我把车开到她家的车库后，女车主醉得走不动路，我作为代驾司机只好扶她上楼。因为我的电动车还在后备厢里，于是我又拿着车钥匙跑下去把电动车取出来。当我上楼把钥匙还给车主时，她已经换上透明睡衣站在门口，里面，竟然连内衣内裤都没有穿！她一把抱住我热吻。

我奋力挣脱开来："你喝醉了！我是代驾，不是你老公！"

"我知道！现在，我需要你！"

"别闹，我老婆还在家里等我回去！"

"我不管。好人啊，帮帮我，我太寂寞了！老公带着小三去美国两三年，手机都换掉了，音讯全无。这让我怎么活？！"

我费尽九牛二虎之力才得以摆脱她的纠缠，逃了出来……

听完强的讲述，我愤怒地从床上跳了起来，直视强的眼睛："侬没有趁机出外快？！"

"哪能会呢？否则，我会拿迪桩事体告诉侬？"

我真的吃醋了！但强的表现确实令我满意，一高兴，我把今天上午发生的事告诉了强：我在市中心的一幢顶级写字楼里，找到了那个兰博基尼的车主，他是一家 P2P 公司的老总。我告诉他，我是代驾司机强强的老婆，我的律师已经调查过了，你的兰博基尼今年没有续保，所以，第一，你的豪车是不可以开出家门的；第二，出了车祸，需要报警，而不是私了。他环顾了一下四周，然后掏出皮夹，将你的那张一万块欠条还给了我，并且小声叮嘱我："到此为止！"

我跟他开国语："慢，这儿还有一张我老公被你打伤的医疗费单据！"

"多少？"

"六百八十块。"

他从皮夹里抽了七张百元大钞塞给我，又一次小声叮嘱我："到此为止！"

我回答："OK!"

听到这儿，强对我一阵狂吻，就差喊"万岁"了。然后，我们好了好长时间，以至于吵醒了铃铃，她呢喃地问："你们在干什么啊？"吓得我俩在床上噤若寒蝉。

第二天晚上，电话来了，强拎了他的电动滑板车，又出门去接单了。

带来的依然是"叮叮当当，叮叮当当……"一阵让人愉悦又让人担忧的风铃声。它像是在弹奏一支欢送的曲子，神秘而又空灵；又像是来自深邃天宇的一群魔鬼发出的怪笑，使我胆战心惊；更像是茫茫沙漠里传来的一长串的驼铃，高深莫测……

【作者注：本人在 2016 年将此篇小说改成电影剧本，自己担任总导演，由上海浮玉影业公司拍摄成片长 67 分钟的网络大电影《代驾血谜》。2017 年 3 月 28 日，该片在第 20 届美国好莱坞国际电影节上荣获"最佳电影短片奖"（金奖）。上海市政协《联合时报》、东方网、凤凰台等主流媒体均有详细采访报道。】

泥 沙

1

阳光和煦，海风习习，龙事举带着孙子，来到句伦岛的海滩，赤足踩着又湿又黏的泥沙开始拣拾各种贝壳。一老一少的笑声，引来了无数的海鸟围观。"哇，哇……"这儿的海鸥、海燕、丹顶鹤……似乎并不害怕两个手无寸铁的庶人，它们一路唱着情歌，互相挑逗，照常在这里相约、相亲、相拥，结伴而行，繁衍后代。

几十海里外的东宁港是江南的海港。30年前，货运码头建在庸江两岸，航道浅，只能停靠万吨以下的轮船。稍大点的巨轮是开不进来的，只能远泊在十几海里以外，句伦岛四周的公海上。货物需要分装在没有动力的驳船上，才能运进东宁港，非常麻烦，效率低下。现如今，东宁港外的句伦岛等三座原先无人居住的小岛，经过龙事举带领的团队的十多年的奋斗和努力，一跃成为集装箱吞吐量名列全球前五位的港口。

望着这些巨变，龙事举感到由衷的自豪。

孙子龙川川大叫一声："爷爷，不拾贝壳了，您快来追我！"说罢，就踩着浅潮奔跑起来。

"好！但不要跑得太快！"龙事举放下贝壳，开始追逐起孙子来。

哪里追得上啊，爷孙俩的笑声溅起许许多多的水珠。龙事举在水珠中仿佛看到了过去的自己……

2

30 年前，龙事举毕业于名不见经传的东宁化工学院。毕业以后，分配到东宁港第四装卸区工作，是机械维修处的助理技术员。

龙事举从小就是一个不甘寂寞的人，一直想做成一番事业。他的脾气很倔，这是从父亲那里学来的。他的父亲新中国成立前从湖南农村出来只身闯荡东宁，硬是靠勤工俭学，苦读成为大学生，毕业后，在洋行里当上了小职员，收入不错，几年后便租了房，娶了妻，生下了龙事举。父亲从小就教育他，长大后，一定要好好学习，接受完整的教育。

龙事举在东宁化工学院学的是"食品科学与工程"专业，这个专业，或许对从事食品加工和餐饮行业颇有帮助，但在港口的行业里，不太合适，发挥不了多大作用。龙事举被分在机械维修车间工作，整天修理各种吊装机械，尽管是助理工程师，但是他不太乐意。他觉得长此以往，自己此生就废了，内心多少有"大材小用"的怨气。加之每天衣服上都是油污，一身的机油味，怎么洗都没用，一到车间，衣服很快就变得脏兮兮的。在好心亲友的帮助下，他一连谈了几次女朋友，最后，女方都以"你身上的机油味把我的情绪都熏没了"为由拒绝了他，恋爱都没有谈成功。

龙事举并不安心工作，被他的校友，现在也是同事的李靖垒看出来了。两人一起在港区外的小饭店里叫了几个菜，喝了点白酒，都把自己内心的郁闷倾吐出来，谈得很投机。

酒过三巡，龙事举说："哎呀，再这样浑浑噩噩地活下去，也没多大意思……"

李靖垒呷了一口酒："那你想怎么样？"

龙事举说："我父亲跟我说过，作为一个男人，在自己的人生当中，一定要有所建树，最好能创造辉煌。"说到这里，他的眼睛开始发亮，"最近几个月，我一直在考虑这方面的问题。"

"你小子的野心倒不小啊！"李靖垄放下酒杯，"你说说看，如果行，我也来加盟，帮你一把。"

"那再好没有了！我呢，有一个想法……"龙事举就把自己的想法和盘托了出来，"东宁这个港口，建于上个世纪中叶，现在看来是比较落后的，完全不能适应当今大吨位的集装箱运输。不久的将来，国家肯定会把东宁港报废，另外在附近的深海海区建造一个规模庞大的深水港。若现在还不动手，到时候我们东宁港全体职工就等着下岗喝西北风去！"

"绝对有这种可能！那你说怎么办？"

龙事举继续推理："我们现在最好就把东宁外海的三个小岛连成一片，扩建成一个大的深水港。"

李靖垄摇摇头："哎呀，那要填海造田，几百个亿的投入啊！哪来这么多的钱啊？再说，填海造田这个技术很复杂。搞不好，就是个无底洞……"

"是啊！"龙事举非常自信地继续发挥，"这个工程确实复杂，难度系数极高。怎么把泥沙黏合起来，能够经受住风浪的冲击和侵蚀，这个问题呢，全世界都没有解决。可我们学的就是化学嘛，看看我们用什么办法，将庸江口每年冲刷下来的几千万吨泥沙，就地取材，加以利用，把它固定下来，堆积成山，填埋在三个小岛之间，这样的话，既可以变废为宝，又可以建成深水大港，可谓一举两得。"

"嗯——我觉得你这个想法很有道理，很有前瞻性。"李靖垄又担心起来，"但市建委在没有把握的情况下，拿出那么巨大的资金来干这事，几乎是不可能的。"

龙事举点点头："对的。我们不妨搞个吹沙试验。等试验成功了，再去申请国家投资就比较有把握了。你看这样好不好，我们俩各出资 40 万元，成立一个公司，试验成功了，再把成果卖给国家。"

李靖垒非常坚定地作答："好啊，就这么定了！"

3

于是，他们俩回家后都请示了各自的妻子，居然顺利地通过了。

龙事举的太太叫许鞍华，产科医生，对自己的丈夫充分信任，非常爽快地陪着他去银行拿出了 40 万元的积蓄。回家路上，她深情地对龙事举说："你去搞事业，又不是去吃喝嫖赌，作为你的老婆，我就应该支持。即便输了，就当作在股市上栽了个跟头，没有什么可埋怨的！"

李靖垒的太太苏瑾花，是小超市的会计，听到此项计划后，虽然有点怨言，但想到一旦成功可以赚到大钱，也就同意了。苏瑾花说："就当是去缅甸旅游，大家赌一把玉石。"

这样，就有了 80 万元的资金，龙事举和李靖垒悄悄注册了一家小科技公司。他俩在东海边上离滩涂不远的地方，租了几间农舍作为公司的实验室。两人在每个周末都会开辆二手的桑塔纳赶到那里，在无人去的滩涂上，搞起了黏结泥沙、用于造岛的试验。

想法很美好，现实却很骨感。造岛这个活儿其实很难搞，堆积上去的沙，很快就会被浪涛冲走。更不要说遇上刮大风或台风季节，堆积起来的泥沙瞬间就灰飞烟灭。这是全世界科学家都没有解决的难题。所以，一般扩大岛的面积，还是采用老办法，就是在所要建的那个岛的四周，先打好基桩，然后用石头在基桩内外填埋，再用泥沙在基桩之内填成设计好的形状。但这种造岛的方式投资巨大，工程的操作非常不方便。尤其在远海造岛，沙石的运输、工程船的固定和各种物资的供给等等，难度极高。往往是，造岛刚过半，就被突如其来的大风大浪荡平殆尽。工程的经济损失不算，还会带来造岛工程技术人员的大量伤亡。

当然，最理想的办法就是，就地取材，用某种黏合剂，把当地海底吹上来的沙石迅速黏合起来，变成坚硬的岩石。然后，让岛的面积逐步扩大。

但是大家知道，各个海区、各地江河底下的淤泥和沙石的品质、结构和化学成分都是不一样的，所以，黏合起来相当的麻烦。怎样才能找到一种或多种药剂和配方，能够就地取材，将当地的泥沙吸起来加以黏合，用来造岛，这是一个十分复杂、系统的化学、建筑工程和庞大的科学问题。

龙事举和李靖垒搞了三四年的科学试验，结果都以失败而告终，眼看钱都快花完了。龙事举说："我们多多少少已经摸到点泥沙黏结的技术，现在如果放弃，蛮可惜的。大家各自再拿出 20 万元来，争取最后的成功，你看好吗？"

李靖垒叹了口气："回去跟老婆商量商量看，有点难度，她可是个财迷。"

龙事举说："再做做工作，争取一下嘛！"

那天晚上，李靖垒回到家里，怯生生地跟老婆苏瑾花商量此事。

哪里料到苏瑾花听后火冒三丈："你也不照照镜子，看看你那副熊相！"

李靖垒不服，争辩道："我怎么啦？"

"怎么啦？你看看人家！"苏瑾花气不打一处来，"这两年，正好是牛市，放在股票的钱都赚得盆满钵满！而你呢，拿去 40 万元，一分钱的利润都没有产生！现在还想骗我继续投入，把我当成提款机了，我才不会再上你的当了！你赶快把那 40 万元给我拿回来，否则，我就跟你离婚！"说毕，苏瑾花竟然放声大哭起来。

李靖垒吓得魂不附体，反复哄劝，都没有用，最后只好举双手投降。

而龙事举回家吃晚饭时，跟许鞍华说起此事，许鞍华说："家里钱不多，总是要留点钱备用。这样吧，我问我哥哥借个 30 万元，写个借条，两年后还给他。"

龙事举立马放下筷子，激动得抱起老婆一阵热吻。

许鞍华嘟囔道："哎呀，把我嘴弄脏了！"

当周周末，李靖垒赶到海边，犹豫了半天，还是把家里发生的事跟龙事举说了："兄弟啊，我们的实验就到此为止吧……"

"看来，你想打退堂鼓？"龙事举盯住李靖垒的眼睛。

但李靖垒不敢抬起头来，用脚不停地去搓几个贝壳："这个试验，看来是搞不成了。你想啊，欧美国家算得先进了吧，人家都没有搞成，我们这种亚洲人的脑袋总不及他们吧，我们还想搞出这方面的成果，是不是有点自不量力呀？"

"那你什么意思？"

"我意思是算了吧，我劝你也算了吧。几年的精力都白白浪费了，多么不值得，唉——"李靖垒长叹了一声。

龙事举的脸也气得煞白，他思考了一下，郑重地说："事情进展到这一步，如果放弃真的是太可惜了！反正我会坚持下去的！"他见李靖垒已经气馁，就同情地表态。

李靖垒继续耷拉着脑袋，喃喃地说："我老婆要求我赶快把那40万元给拿回来，否则，她就要跟我离婚！"

龙事举听了，惊出一身冷汗，真想揍眼前这个孬种，但还是假装平静地回答："也好，这样吧，一周之内，我会借40万元钱来还给你！"

李靖垒感激地回答："那，那太感谢你了，实在不好意思哦！"

龙事举头也不回地离开了。回到家里，他把刚才发生的事情，原原本本告诉了许鞍华。

许鞍华沉吟了片刻，冷笑道："他怎么开得出这个口？这个老李也真是的，哪能当时投资40万元，现在要你还给他也是40万元？！"

龙事举也有点生气："好多钱都是大家花的，也不是花在我一个人的身上！"

"对的。既然他有难处，我们就成全他。"许鞍华平静地说下去，"把他的40万元不打折扣，全部还给他，省得以后纠缠不清。这样吧，我去问我的哥哥借100万元，如果出现什么问题，你再把我们俩的结余款添加进去。总之，一定要把这个事情做成！以后如果再遇到什么挫折，我们另想办法。我就不相信了，我老公花了这么大的力气，最后会一事无成？！"

这会儿，龙事举听了，眼泪唰唰地流了下来："有你这些话，我什么也不怕了！"他走向前，紧紧地抱着妻子说，"有你这样的好老婆，吾复何求？！"

许鞍华顺手从梳妆台上抽了两张餐巾纸给丈夫抹泪："男人啊，应该有泪不轻弹。"

"是的。"龙事举马上抹干了眼泪。

4

龙事举花钱雇了几个化学专业毕业的大学生，又花了将近两年的时间，经过数百次的实验，终于在东宁海边的实验室里，把实用且造价低廉的黏合剂研制了出来。

龙事举兴高采烈地马上将此事汇报给东宁港集团的总裁和党委书记，他们都对龙事举的成功表示祝贺，并赋予他东宁港的造岛扩港订单，造价为20亿元。东宁港集团的领导还建议龙事举辞职，专心致志于造岛研究。龙事举当即欣然接受和采纳了领导的所有建议。

此事在东宁港集团引起了巨大的轰动和反响。

看到龙事举公司取得的成功，东宁港集团的不少同事来找他，希望能够接纳他们，但都被龙事举婉拒。

李靖垄得知龙事举的消息之后，又惊又喜。在与太太深入商讨后，他找到了正在海滩边指挥造岛工程的龙事举，诚恳地说："兄弟，我先向您赔个不是！您能考虑，重新接纳我吗？"

　　龙事举放下手里的活儿，还是正式接待了他："我已经答应了东宁港集团老领导的约法三章，在'人、财、物'上，绝对不可以去挖东宁港集团的墙角！"龙事举沉吟了一下，继续说，"容我再考虑考虑。但今后，说不定我的事业还有翻船的可能。"

　　其实这是婉言谢绝了李靖垄。但李靖垄的脸皮真厚："这次，我认准了！我已经说服老婆了，再投资 200 万元！好吗？"

　　龙事举沉默了许久，不作答复。

　　见龙事举不为所动，李靖垄终于说出了这样的话："老龙，既然你不表态，那我老婆要我传达她的意思……"

　　"她怎么说？"龙事举盯住他的眼睛追问。

　　李靖垄垂着视线怯生生地回答："她说，你至少要弥补一下那 40 万元三年里的利息。"

　　龙事举终于听明白了，笑笑说："这个没有问题！"

　　李靖垄灰溜溜地离开了。龙事举让自己的司机送李靖垄到长途公交站。

　　龙事举回家之后，与太太商量后，立即给李靖垄的账户上打了 40 万元。这下子引来了李靖垄夫妇的再三致谢。

5

　　有了庞大的资金流入，加上东宁市政府的大力支持，龙事举一面带领他的团队奔赴各地，特别是南海各岛，去进行各式各样的造岛试验，研制成功了十几款不同泥沙的黏合剂。另外，龙事举还跟国内一些大的造船公司合作，共同研发、设计、建造了几条专门用于造岛的两万至五万吨级的巨无霸喷砂作业船。龙事举还与几个专门设计生产大型机械的国企合作，研发了许多台像调水泥一样，把大量黏合剂与从海底、江底吸上来的沙泥掺和在一起，用于造岛的超大型专用机械设备，这些设备可以安装在那几条大型喷砂作业船上。经过许多次的试验，这些设备均获得了圆满的成功，所造的人工岛屿经受住了台风、浪潮、盐水、高温、巨轮的撞击等等的考验。其造岛的速度、效果及质量都在世界上遥遥领先，连最发达的欧美国家也看了眼红。

随即，龙事举带领一批精英组建了一个上市公司，很快获得了批准。龙事举还被评为全国劳模。

国家有关部门为了保护龙事举公司的造岛技术的知识产权，立法规定造岛技术及其机械、作业轮船均属于中国的专利，一律不能出口。

6

句伦岛的海风夹带着一点点腥味，还是那样清新，吹拂起了龙事举爷孙俩的头发和衣衫。

龙事举捡起一根枯树枝，在辽阔的沙滩上写下了四个大字："感谢泥沙！"

孙子念了起来，那银铃般的嗓音，飘荡在东海的万顷波涛之上……

良 心

　　"一个人，可以不富裕，但不能没良心；可以不出色，但不能做出格的事；可以不优秀，但不能没品德。做一个干净的人，安心；做一个善良的人，踏实；干干净净做人，本本分分做事，坚持必有收获，善良终有好报！"

　　这是年已古稀的刘愚升老教授在晚餐时对子孙的唠叨。

　　儿子刘厚不屑地自言自语："爸爸又在说教了。"

　　六岁的孙子刘前埋怨父亲道："爸爸，你经常教导我说，要听大人的话，现在怎么不想听爷爷的话了？"

　　刘愚升笑道："还是孙子懂事！我不是说教，是我前几天遇到的真实的事。"于是，讲述了事情的经过。

　　那天月明星稀，深秋凉爽的晚上，像往常一样，刘愚升穿好夹衣，打开门前自行车的环形锁，准备骑车去附近一家温水游泳馆游泳。刚要推车，发现前刹车脱落，前轮的轮毂也被刮出一道口子，不能正常转动了。于是，刘愚升只好将车弃之，改为骑小区门口的共享单车前往。也奇了怪了，小区门口平时常常停了好多辆共享单车，现在只剩下一辆。愚升不禁有些窃喜，立即打开手机上的移动数据和"美团"的App，然后去扫码，结果发现，共享单车的车把上用透明塑料玻璃片盖住的二维码，已被人有意划坏，后车轮开锁的二维码也被人故意抹坏，这样就导致了这辆共享单车失去了使用功能。刘愚升内心不免有些恼火，心想：这是谁干的？究竟是恶作剧，还是竞争对手的使坏？抑或是没有道德底线之人，以邻为壑，以损坏单车的共享功能为乐？……总之，良心何在？就不怕报应吗？

刘愚升只得返回家门口，于是，这个古稀老人只得提着30来斤重的自行车，走500米的路程，到附近老街上的车行去修理。当他赶到天理大厦下的车行时，已经气喘吁吁。天理大厦底下，一共有两家自行车修理行。它们都以修理和销售电瓶车为主，生意相当繁忙，一般都要开到深夜十点左右才打烊。平时，刘愚升的自行车若要维修，都拿到离自己家近的西首的那家修理店去。那天晚上，这家店不知何因，大门紧闭。于是，他只好到稍远的、自己并不熟悉的位于天理大厦东首的那家修车店去修理。

修车店老板是个50岁开外的老头，矮矮的个子，满脸黝黑，已经谢顶，正坐在店堂里的矮桌旁吃饭，旁边还坐着一个中年男子、两个女人和一个六七岁的小女孩，也在用餐。店主见了刘愚升，就赶紧放下碗筷向他走来，问道："老先生，要修什么？"

刘愚升停好车，回答："前轮的刹车坏了，换一个多少钱？"

"5块。"店主来到自行车旁，蹲下来，查看了一下，说："你前轮的轮毂也坏了，应该换掉。"

"多少钱？"

店主说："60块，再加上之前说的换刹车的钱，共计65块。"

刘愚升觉得这个价钱贵了一点，但作为文化人不想去跟人家讨价还价，就答应了。问："什么时候可以修好？"

店主："因为前轮的钢丝要全部换新的，还要换刹车，所以，一个半小时后，你来拿吧。"

刘愚升在附近的泳池里仅仅游了40分钟，就擦干了身子，匆匆返回到这家铺子，发现，自己的车子已经修好了，摆放在店铺门口。店主正坐在店堂里的矮凳上，与那个中年男子喝白酒，女人们都撤走了，矮桌上留着鸡爪、猪耳等几个剩菜。

见此情景，刘愚升内心就在嘀咕："明明讲好一个半小时才能修好，现在一个小时都不到，店主作为老把式，不至于把时间计算得如此不准吧？"

刘愚升付了钱，就把车子骑回去了。

第二天晚上，刘愚升又要出门去游泳，结果发现前轮胎全瘪了，根本不能骑，推都难以推动，只好又提起前轮到那家车行去修理。

路上，刘教授起了疑心："前轮内胎，半年前刚刚换过，应该说质量不会有问题。怎么昨天经过店主修理，今天就彻底地趴下了呢？照例，不应该发生这样的事，会不会是店主动了什么手脚？⋯⋯"

到了修车铺，只见店主又在店里面吃饭，那个中年男子出来接待。

刘愚升不悦地说："昨晚前轮刚修好，怎么今天就没气了？"

中年男子说："我帮你查一下。"说完，他就将前轮的内胎扒了出来，一看，内胎上果然有一道四五厘米的裂口。

刘愚升见此情景，心里非常恼火。他虽然不会修车，但自行车的原理有所了解，年轻的时候，他也学过补胎什么的活儿。他立刻明白，是店主修车不地道，把轮毂里面原来衬着的一块防止钢丝将内胎戳破的垫布扔掉了。但作为文化人，他隐忍了，没有把怨言说出口。

中年男子说："内胎划出这么大的口子没法补了，一定要换一个新的。"

刘愚升冷冷地问："换个内胎多少钱？"

"20块。"中年男子和善地回答，"因为你昨天在我们这儿修的，那么就给你一点优惠，付个18块吧。"

见价钱开得不很贵，刘愚升就答应了，也对这个中年男子有了一点好感。

只见中年男子在轮毂内，用3M胶带粘了三圈垫布，然后再放入新的内胎。

刘愚升连连颔首："你是这里的伙计？"

"也是也不是。"中年男子回答，"老板是我姐夫。"

"噢。"刘愚升明白了，惋惜地说道，"像你这样 30 多岁的年轻人好像去大企业干干比较好。"

老板的小舅子笑着作答："说得也是，可我只念到初中，没文化呀，只能做这种脏活累活。"

"哦，那倒也是。"刘愚升付完钱，骑着修好的车离开了。

路上，刘教授在想："老板的小舅子尚且懂得在轮毂内要垫块防止钢丝将内胎戳破的布，那么，店主却没有做这样的'规定动作'，应该不会是疏忽，可能是故意的。店主的良心是有问题的。他不应该来欺负我这样的长者。为了多挣钱，伤天害理的事他恐怕干了不止这一回。唉，他大概不懂，这是要付出代价的……"

第三天一早，刘愚升出门去买菜，就听得消防车的警报声大作，刘教授当时也不是很留意，也没有去打听到底在哪里发生了火警。

当天下午，小区居委会召开居民紧急会议，刘愚升也被通知参加。

会议桌旁居委会的党总支书记和主任，一脸的严肃。民警小陈通报了发生在今天上午附近天理大厦的严重火警，居然烧死了三个人！民警还把附近监控的录像通过投影大屏幕放给居民们看。

刘愚升看了大吃一惊，原来发生火灾的地方，正是他大前天去修车的那家车铺！

那天上午七点多钟，店主就像往常一样，把卷帘门拉高，随即，他就给店堂里的两个车用电瓶充电，然后，他把修车的工具箱搬到了门外。还不到 100 秒，两个车用电瓶相继爆炸，警官介绍道，电瓶爆炸的瞬间温度能够高达 1600 摄氏度，然后引发了店堂里一片火海。老板大吼大叫，又不敢闯进火海，只见他急得团团转，立即用手机报了警。住在二层阁楼里老板的小舅子，见大火正往二层阁楼里蹿，立即敲碎了气窗，抱着已经被大火烧伤的女儿跳了下去，两人立即昏晕在楼道上，衣服也被烧得破破烂烂。老板的太太和她的妹妹，也就是中年男子的妻子，还有一位借住在店堂里的快递小哥，命运就没有这么好了，他们三人即刻被烈火吞噬。

烈焰还在往上蹿，将二楼至八楼阳台上空调外挂机全部烧毁，楼上的人家也在大呼小喊："救命啊！救命！"

几辆消防车立即赶到，无数条水龙很快就将大火扑灭。差不多同时，几辆警车也赶到了，听了老板的哭述之后，立即将他带走。

这场火灾，一共烧死了三个人。严重烧伤的老板小舅子和他的女儿，被送到了一家专门抢救烧伤病人的三级甲等医院，正在抢救当中，生死未卜。

此次火灾定性为重大安全事故，已经上报市政府，事件还在严密的调查之中。社区民警小陈十分严肃地告诫居民群众，绝对不可以在小区的楼道和居室里给电瓶车充电，否则后患无穷！这件事情还远未了结，应天理大厦全体居民的强烈要求，大厦下另一端的车行也被责令关闭。天理大厦楼上的居民提出了财产和精神损失的赔偿要求。此事还直接导致了整个城市的自行车、电动车车行一周内的停业整顿……

刘愚升教授默默地听了这些令人无比震惊的介绍，回家后感慨万千。他对小辈说："我估计那些引起爆炸的电瓶也是车行私自采购的一些廉价、无牌的劣质产品，专门卖给那些贪便宜的要求换电瓶，或那些为追求速度更快、续航能力更高，选择换装更大容量电池的人，当然其中大部分为快递小哥。这些都是缺德的事情。所以你看，现在小区的楼道里、电梯门到处张贴着《警方提示》。这家车行遇到这么大的火灾，我认为还是那个老板良心缺失所致！虽然属于小概率的事情，但是他恰恰撞上了，就倒大霉了！"

至此，刘厚听了也连连点头。回家路上，他也学着父亲的样子，告诫自己的儿子："做人，就要实实在在；交往，就要干干净净；处事，就要本本分分。一份真诚，才能换来一颗诚心，一份尊重，才能得到他人看重！人这一辈子最贵的，不是金钱，也不是地位，而是一个人的素质，其中最重要的是：要有良心！记住了？"

刘前回答："记住了！"

已入深秋，寒风袭来，他们父子俩踩着满地梧桐树的落叶。树叶发出"沙、沙、沙、沙"的声响。这些树叶仿佛也在聆听他们的谈话，并且轻轻地发出"是啊，是啊……"的附和。

套 路

一

尽管寒风凛冽，嫩黄的报春花还是在小区各处花坛里怒放，煞是好看。

"三八妇女节"那天，乍暖还寒，气温又降到10℃以下。这最难将息之时，已退休四年的杭醇夫妻俩还是不敢打开窗户，他俩拣了一些衣物和牙膏、毛巾、护肤膏等生活用品，放进了刚从网上买来的铝合金万向拉杆箱，准备去 Y 省 5A 级的梨山风景区旅游。

这次旅游是杭醇的来头，他告诉妻子小雯，这是由 N 市媒体协会组织的优惠价旅游，本来每个人 5000 元的旅费，现在只需花一半的价钱——也就是2500 元就可以成行。

小雯问，这种低价游会不会有陷阱？

你这个人总是疑神疑鬼的！杭醇放下手里的活，正儿八经地对妻子说，这可不是社会上乱七八糟的没有登记注册的小旅行社组织的活动，是我们媒体协会主办的，完全可以放心去！

但愿如此！小雯嘟囔着躺倒在沙发上，听到自己手机因不断收到微信在鸣叫，就打开来瞅瞅，里面全是暖洋洋的各式各样的贺图和贺信。

在浏览著名的"惑鸟网"时，小雯突然看到了这样一条消息，"为庆祝这一伟大的节日，仅此一天，各位可以免费领取一箱（6 瓶装）52 度酱香型、原价为 2200 元的欣囤镇白酒。共 500 箱，领完为止。"她不假思索地就为喜欢喝点小老酒的丈夫点击下了单。根据"惑鸟网"的要求，她提供了自己手机的号码和住址。完了，才把此事告诉了杭醇。

杭醇摇头表示不屑，肯定是一个圈套！他说。杭醇是一个资深媒体人，职业敏感使他作出了这样的判断。

小雯不服，刚才还说我是疑神疑鬼！你不也是把人家想得很坏吗？或许人家这次真的借全体妇女的节日向家里的男士们释放善意呢？

那我们打个赌！杭醇立即伸出手，请求拉钩。

小雯爽快地将小指凑了过去钩了钩杭醇的手指说，反正，过几天就知道结果了。

杭醇苦笑道，你们女人啊，怎么老忘了这句话——天下没有免费的午餐！

不会是彼此彼此吧？小雯调皮地笑笑说。

这两天，小雨淅淅沥沥，夫妻俩也不出去散步了，可以养精蓄锐。

等了三四天，欣囤镇白酒的事如石沉大海，并未收到任何信息，杭醇夫妻俩乘上旅游大巴，随一个叫"和平鸽"的旅游团到了风景点——梨山。

高速公路上，小雯和杭醇说，欣囤镇白酒，玩的果然是忽悠，一点回音都没有！

杭醇递给老婆一包山楂糕，既然他们在惑鸟网站上发出了这样的广告，一定支付了相当多的广告费，收不回投资是绝不会无果而终的。估计，他们一定会找上门来的！

小雯笑笑，你这么自信？

杭醇点点头，你想，一箱酒 6 瓶，要卖 2200 块，一瓶酒的价格必然在 366 块多一点。500 箱酒要奉送，欣囤镇白酒厂为此要损失 110 万元的销售款，加上付给网站的广告费、付给快递公司的运输费等，少说也要再花去三四十万，这 150 万的损失谁来补偿？说是免费领取，这怎么可能呢？

小雯点点头笑了，你倒蛮会算账的。

大巴车于当天晚上到达了梨山一家简易宾馆。环境不错，就是土了点。导游黄夏笑眯眯地分好了房间钥匙，讲好了明天起床、早餐和出发的时间，就让大家回房去放好行李，早点休息。

推开房门，小雯环顾了房间，发现浴室的墙壁竟然是透明的玻璃，就尴尬地说，洗澡可以被别人看见，这也太不保护隐私了吧？

老土了吧？这叫浪漫！懂不懂？现在的宾馆都这样！反正有帘子，不习惯可以蒙上帘子。杭醇得意地介绍。

现在的人们也太开放了！小雯耸耸肩膀，笑了。吃饭去。

来到餐厅，他们一起去吃十人一桌的团餐。菜肴质量马马虎虎，八菜一汤，谈不上厨艺。下筷动作稍微文绉绉点，好多菜就会吃不到了，最后只好拌点剩汤下饭。

完了，有几对夫妻相约去某个房间搓麻将，杭醇夫妇跟其他人都回到了各自的房间。

小雯进了房间就去洗澡，她说，累死了，早点睡觉。

杭醇提醒，别忘了把帘子拉上。

小雯笑笑，老菜皮了，脱光了也没人看！

二

第一天早餐也很简单，就是白米粥、油条、淡馒头、鸡蛋、肉肠和酱菜这几样普通的东西，但也被和平鸽旅游团的老年朋友一扫而空。

杭醇对小雯笑道，你是否注意到，人只要一出来旅游，胃口都一下子好了许多。尤其是你们女人，平时怕发福，不敢多吃，现在个个像饿狼似的，大吃大喝，生怕自己吃亏。

好，你老不正经，在观察别的女人的一举一动？小雯警惕地盯住杭醇的双眼。

大家吃好早饭，就乘上旅游大巴去梨山那个叫"天宫"的悬崖峭壁和"刀劈"的峡谷。

途中，导游黄夏，一个看上去乐呵呵的中年男子坐在第一排，拿起话筒对着驴友们。他笑眯眯地说，各位阿姨、叔叔，大家早上好！待会儿会发给大家一张表，你们每到一个地方呢都要消费，我呢，会拿这些数据向省里的文旅局汇报，他们需要收集大数据，这样就可以看出我们省里面文旅事业的发展状况，大家千万不要忘记填写哦。

然后，黄夏先介绍了梨山风景区的各种典故和传说。然后他说，我先带大家去参观梨山玉石厂。有人已经在嘀嘀咕咕，为什么要带我们去啊？那我告诉大家，去了以后你们就知道了，那里的东西价廉物美，特别的好，不去将会后悔终生。

杭醇对小雯耳语道，记住，一定要屏住，啥东西都不要买！

你不是说，这是媒体协会的来头，不会有诈的？小雯问，

杭醇嘟囔，也不知道怎么搞的？估计这次活动给转包出去了。

到了梨山玉石厂，那里戒备森严。进了厂以后，黄夏把大家带到厂房二楼的一个会议室，那里有个洪老师给参观的人上课。讲述这个玉石的品质，怎么鉴定等诸如此类的知识。他在大屏幕上放的玉雕和手环等装饰品，看上去好像和田玉一样，他说这是梨山特产，暂时还不大为世人所知。

洪老师拿出晶莹剔透的样品总结道，其实，这个玉石的品质跟和田玉没有什么差别，只是梨山玉石的名气没有和田玉大而已。一副玉手镯的价钱，在外面市场上是1500多块，甚至还不止，而我们这儿是直销，没有中间环节，加上是给你们老年人，所以，我们优惠到一折，仅需花150块就可以买一枚！怎么样？够优惠了吧？

见小雯听了已经有点心动，杭醇又对她耳语，这种东西都是假的，都是用某种石粉拌上色素和黏合剂浇出来的。

是吗？小雯如梦初醒，她说，听你的。

大多数驴友在参观好产品陈列厅后，脸部都是冷冰冰的，只有两三个大妈经不起诱惑，买下手镯、胸佩等三四件产品。在一边来回走动观察的黄夏开始显露一脸的怒气和鄙视。

杭醇和小雯见了，相视一笑，心照不宣。途中，小雯突然接到一个女的从北京打来了电话，自称是牧囤镇的销售经理。然后，她开始核对小雯的电话和住址。她问，是否是你本人的手机？小雯说，是我的。

那恭喜了，你会免费获得一箱 6 瓶的牧囤镇白酒。祝贺！

不用祝贺，我总是觉得，你们是不是在忽悠？

电话那边表示惊讶，忽悠？怎么可能呢？她说这些酒呢，绝对是免费的！但我们是委托中国最大的电商国东快递的。国东的每一箱酒这么寄出去，都需要支付两百九十几块的保险费。你要的话，这个保险费还是要付。

边上的杭醇压着嗓子说，我早就说嘛，这是套路！

电话那边还在喋喋不休，收到一箱酒后，你可以打开一瓶，尝尝，验证一下这个酒是否好？如果你觉得好的话，我们还买一送一，再送一箱免费给你。但是 298 块的保险费还是要你付的。你如果同意，那我们就给你下单了。

等等，我要跟先生商量一下。小雯应答时被杭醇夺下手机，强行挂机。

小雯生气了，干嘛关我手机啊？

再不关，你就要上当了！杭醇说，在我家对门的苏宁折扣超市，同样品牌的牧囤镇白酒，买一瓶也就 20 块。所以，你买 6 瓶其实就是 120 块，买两箱，也就 240 块。可她居然借保险费的由头，要收你将近 600 块。两箱酒等于净赚了你 350 多块！谁知道他们到底"送"多少箱？在"惑鸟网"这样的大网站上发消息，怎么可能这么保守？即便他们真的是只送 500 箱，也不会亏本，至少可以赚十几万。

小雯听了觉得有点不好意思了，怎么会是这样？我真是太善良了，差点上当了。

你啊，就是想贪点小便宜。杭醇见太太明白了，就心平气和地说，如果再来电话，就说放弃牧囤镇白酒的订单，这种免费的白酒，我们不要了。

小雯点点头。

三

到了梨山的第二天一早，大家刚上车，就发现导游黄夏鼓着脸，气呼呼的样子。于是，驴友们开始觉得不自在了，便在座位上窃窃私语。大家猜到了黄夏已经对旅游团里的消费表现十分不满。

果然，车子发动之后，黄夏再次拿起话筒对大家说，各位阿姨、叔叔，你们呢要舍得花钱，这个钱呢，都是身外之物，留着给小辈会害了小辈！你们要想明白了，这个钱呢，是生不带来死不带去的东西。你们呢，该吃就吃，该花就花，反正我带你们去的地方都是好地方，千万不要像莎士比亚戏剧里面的那个吝啬鬼啊！人到最后，两脚一伸，这些钱呢，都成了子女或者是其他人的东西！所以大家要想穿！有句古诗叫"君子坦荡荡，小人长戚戚"。懂不懂它的含义啊？还有几句诗词大家听到过没有？叫作"夺泥燕口，削铁针头"。

不——懂——，驴友们故意像小学生那样叫道。

黄夏铁青着脸说，如果真的不懂，那我们这车人的形成之初一定出了问题，不会都是近亲结婚吧？

驴友中有人不屑地说，好恶毒啊！

黄夏听到了，回应，我是说"如果"，不是说肯定。解释一下，刚才这些诗词都是讽刺那些想不穿的小气鬼和守财奴的，他们往往如俗话所说"苍蝇头上剥猪油，大块猪油被猫衔去"！真不知道他们是怎么算账的？见了好东西，就是不相信，不买，回家之后，又去花大钱去买同样的东西。

杭醇说，又来说教了！

黄夏带他们去的梨山大峡谷，是非常漂亮的一个风景区，开发出来才20多年，在全国已小有名气。虽不能与黄山媲美，但其悬崖峭壁被仙霞萦绕，满眼的苍松翠柏，不时可见形态和线条怪异的巨石和古木，让人目不暇接、联想翩翩，所有驴友都不由得赞叹大自然的鬼斧神工。

大家还没有玩得怎么过瘾，就被黄夏带到山坳中一个小小的服装厂。他让大家或去方便，或去休息。然后，他"突然"想起，这里有一个买世界名牌纯棉内衣内裤的地方，建议大家都去看一下。

所有人刚被训过，都拉不下脸，只好跟着黄导来到了服装厂的产品展示厅。里面早有八九个年轻的男女导购等候。一时间到处可以听到"阿姨、叔叔"的叫唤。导购们笑眯眯地、极其耐心地跟老年驴友们讲解他们的产品怎么怎么好，名气怎么怎么大，而且都是用纯棉做的……

导购们哪里知道，小雯原先曾是市里纺织研究所的化验员，她拿起一件红色内衣一看一摸，就对杭醇小声说道，仿棉仿得真像，但要瞒住我是办不到的。穿这种衣服不透气，还容易过敏！

杭醇听了，也一脸的无奈，他嘀咕道，怎么搞成这样？

小雯笑笑说，以后啊，你别太自信！

旁边的李阿姨是个热心人，耳朵尖，听到后立即穿来穿去，把小雯的话传给同车的其他驴友听。黄夏注意到了，立即上前予以制止，然而已经晚了，大家都捂紧钱袋，没有人买货。然后都聚到大巴跟前聊天，等着司机开门。

这时，小雯手机响了，又接到牧闽镇白酒商家打来的电话，要她下单，领取一箱牧闽镇白酒。小雯回答，说好免费领取，怎么要付保险费的？

对方开始"匕首现"了，机关枪似的嘲讽道，大姐，看来您真没有喝过高端酒水啊！您太不相信人了，现在不是没让您花一分钱吗？钱也不是给我们酒厂的，是给保险公司的。至于酒是真是假，您自己喝了酒，就可以验证。你怕受骗，那劝你以后不要在任何网站上去领取东西了！连保险费都不想付，这也太离谱了，是不是？天上没有掉馅饼，没有免费的午餐，这句话没听说过？

小雯也不客气了，回复说，所以一上来我就说你们是不是在忽悠，事实证明你们在玩套路！随即就把手机挂了。

四

转眼已经是到了游梨山的第三天，大家吃了单调、差劲的早餐，大多在口袋里藏了几个鸡蛋或淡馒头，准时乘上车准备出发去九瀑峡观光。

车子一发动，导游黄夏又开始骂骂咧咧，没有钱，装什么大款？还出省旅游呢，每天待在家里混混好了，干嘛要出来旅游呢？昨天，我们这个团里，竟然只有一个人买了一条短裤衩，装穷装到这种地步，脸皮还要吗？

听到这里，车上的驴友开始有些不自在了。杭醇忍无可忍，吼道，黄导，你嘴里积点德好不好？凭什么训人啊？

哪是训人？我是在开导。黄夏冷静作答，省里要求所有驴友消费多少，要进入大数据库，你们出来旅游如果不花钱的话，那出来干什么？来混吃混喝啊？……这个不好吧？对吧，我们做导游也好，我们旅游公司开展业务也好，都是要花费成本的，对不对？如果你们不去买东西，那我们导游，我们公司，就只能喝西北风了。有句话，叫做人在走，天在看。究竟是人还是鬼，只要填写了我们的发给旅游消费单，我们就知道了啊，这是一面照妖镜，你们到底是人还是鬼，一照就照出来了。

黄夏话锋一转，接着介绍起九瀑峡来，九瀑峡底下有个湖泊，那个湖泊的面积，大概有五个西湖那样大小，挺壮观的，此处山里盛产水晶，价廉物美，待会我带大家去瞅瞅。

就在这时，小雯又收到了牧囤镇白酒商家打来的电话。还是那个女的急吼吼地问，您已下单的牧囤镇白酒还要不要？

小雯冷静地回答，不要了。

商家说，也是一个爱贪小便宜的主，连保险费都不舍得付，什么人呢？

小雯懒得跟她争吵，就挂机了。

边上的杭醇说，这样就对了。不得不承认，这些骗子很会动脑子挣钱。但他们最后的下场，一定不妙。唉，设置"免费领酒"的骗局，一定会有一批人上当！冒充牧囤镇白酒商家的那些人，针对消费者不了解牧囤镇白酒真实价格的情况，肯定预先撰写好了"剧本"，在隐秘的基地培训了一批人，准备好了各种话术，然后在几个只认钱、不去核查广告商背景的大型网站上大肆忽悠。就算他们真的仅仅卖出去 500 箱牧囤镇白酒，也就是 3000 瓶酒，估计进价 10 块钱一瓶，成本价仅仅 30,000 块，广告费之外，再付少量的运输费、保险费、话术劳务费等，估计还可以净赚 10 万。当然，在全国几个最大的网站上，做伪装成公益广告的、非常吸睛的嵌入式新闻，那估计，卖出去的白酒可能远远不止 500 箱，实际的数字可能是这个数字的十几倍，肯定利益颇丰。甚至很有可能，把所有受骗人的信息再以一条几毛的价格贩卖出去。

小雯点点头，完全有这种可能！这些骗子的良心真是坏透了！

九瀑峡的风景用"宛若仙境"来形容，绝不过分。大家也忘了刚才的龃龉，个个成了老小孩，拗起各种造型，被老伴或托驴友拿起手机拍个够。

还未尽兴，就被黄夏吹哨挥旗叫了个集合。然后，大巴载着大家，来到一个加工水晶工厂的豪华陈列厅里。小至水晶的吊坠、手镯、项链，大至水晶做的花瓶、雕塑，在彩灯的照射下，色彩斑斓，美不胜收。黄夏就让大家坐在这水晶宫般的大厅里听课。

一个气质颇佳、打扮得像欧洲某国王妃的中年女子和蔼可亲地对大家说，这个厂生产的水晶，还是在十年之前偶然发现的。这个水晶的品质，可以跟世界上最好的水晶媲美！但名气还小，所以，本来需要几千块钱的东西，只要花几百块就可以买下来。请大家不要错过最后这次机会。

杭醇轻声告诫小雯，我们一定要这个顶住诱惑啊，千万不要买这些乱七八糟的东西。

小雯点点头。但随着众人在一个个柜台仔细观看各种挂件事，她心里还是痒痒的。几次要下单，都被杭醇严厉制止。

但还是有不少妇人买了各种小物件，黄夏的脸才阴转多云。

五

旅游的最后一天，他们被黄夏带到"落霞湿地公园"，那里芦苇摇曳，水汽氤氲，鸥鹤翱翔，景色旖旎。

驴友们徜徉其间，摘花闻香，奔跑拍照，开心地玩了一上午，累了，也饿了。结束时，黄夏让大家跟着他到一家保健品厂的餐厅吃午饭，却把大家带入了这家餐厅旁的茶室去免费喝灵芝茶，品尝灵芝饼和水果。这项没有写进旅游合同的安排，让大家颇感意外，来不及思考，也没有人表示反对。

一位白发苍苍的鲐背老者，现身说法讲述自己吃了灵芝茶和灵芝饼后，身体各方面出现的强健变化。他当着大家的面，表演了100多个标准的俯卧撑，跳了五分钟的绳子，还打了一套形意拳。确实让所有人一饱眼福，一片掌声。

他说，估计在座的各位大多数都看过各种戏剧、各种版本的《白蛇传》，这出戏里面有个重要情节，就是讲白娘娘为了抢救自己的丈夫许仙，冲破了重重的阻力，来到了一座仙山，去采集灵芝。这就说明，古往今来，我们中国人都知道灵芝的药用功效非常了不起。而我们现在来到的梨山，以前没有开发，来的人非常少。现在，经过当地人的开发，在高山的深处，发现了百年，甚至千年的大片的灵芝。长期服用灵芝泡的茶和做的饼，无病的人可以防病，延年益寿；有三高的、有各种疾病的，可以治病。从我九十几岁的老头身上，大家就可以看出它的功效。来梨山一趟不容易，所以，我衷心希望大家多多地买一些灵芝产品回去,价钱比外面同类产品便宜得多,我希望大家都能万寿无疆……

这下,好多驴友听了以后都心动了。连一贯高度理智的杭醇听了也心动。他的"三高"一直不太正常。他对小雯说,灵芝这东西靠谱,我想买几包。

小雯问,不怕上当?

杭醇回答,不怕,老祖宗认可的东西。你知道我身体有病,吃灵芝或许能够治好我的病。钱,将来都是身外之物,只要有益于健康,我就买了。

于是杭醇花了万把块,买了几盒灵芝和灵芝饼。

后来回到上海,问了几个老中医,才得知这些所谓的百年、千年的灵芝,其实是在当地的许多农场的大棚里面种植的,到处都有,长得也很快啊,这个产品基本上没有多大的药用效能。

这次轮到小雯嘲笑丈夫了,她苦笑道,原来以为,是我们女人经常忘了这句话——天下没有免费的午餐!现在看来,半斤八两,男人也一样!

第三天有的驴友买的水晶,经过有关部门检验,其实就是普通的玻璃,里面掺入了一些金属的粉末,所以呢,在灯光的照耀下会发出各种各样的非常好看的光芒。

幸好,杭醇是个有心人,用5G手机录了这次旅游活动中黄夏的各种表现,他把这些东西发给消费监管部门查处,正在等待答复……

汤团王

"噢，让您久等了！"

年过半百的黎温绮，正朝着客人款款走来。她面容姣好且端庄，一对含有笑意的丹凤眼，炯炯有神，显得自信而淡定，让人忽略了它们旁边存在的不算少的鱼尾纹。今天，她穿的是镶边的黑色锦缎的改良旗袍，裁剪得很得体。她后脑堆着灵芝般的发结，插有一支水簪点缀，加上雅致的项链和耳坠，终年佩戴，处处展现出资深美女学者的品韵。总体看上去，黎温绮最多四十岁出头，保养得很好。她是新加坡旅游学院的著名学者、博导。这几年，开始对中国的饮食文化感兴趣起来，著有《中国南方菜系概论》《华人米饭的营养研究》，以及《中国黄酒的种类和口感》等著作。她有时，也会写一些小说、诗歌之类的跟她的专业无关的文章。看过的人都说，视角及风味独特，均可圈可点。因此在学院里，尽管为人低调，但还是显得比较异类和突出。最近，她的一个名叫霍伯特的美国老同学来新加坡旅游，此人曾经在美国驻沪领事馆工作过，她就在半岛酒店设宴招待他。没想到，霍伯特先她而到。待大家坐定，霍伯特突然问起，有没有到过中国的上海，光顾过品牌点心店——"汤团王"。

"当然没有。"她回答得很肯定，"为什么问这事？"她不解。

霍伯特告诉她，那家店里的汤团，只要是品尝过，都会留下极其深刻的印象。由于他经常去光顾，所以跟该店的老板——汤序穆熟了，渐渐成了好朋友。

"那么，这种汤团究竟好吃在哪里？"黎温绮放下手里的葡萄酒杯，认真地问。

"它的肉馅和其中的汁水鲜美无比；甜馅的汤团，也是品种繁多，口感奇异。总之，非常好吃！"

黎温绮眼睛发亮："那倒要去品尝一下。"女人对于美食的兴趣与生俱来，即便已经到了不惑之年，也是从未减弱过。

"不过，三年前这个汤序穆突然死了！现在再想到上海去吃'汤团王'的汤团，永远也吃不到了！"

"怎么会呢？"

"因为它的连锁店一家跟着一家迅速地倒闭了，现在干脆，所有的'汤团王'在一夜之间人间蒸发了！"霍伯特显得有些伤感。

黎温绮也不知道自己着了什么魔，加上这个学期的课时也排得比较松，她竟把研究中国的汤团文化，作为自己下一阶段主要的研究课题。学院董事会从新中旅游事业的发展战略上考量，居然拨了一笔不菲的课题研究经费给她。不久，她就踏上了自己的中国汤团之旅。

飞抵上海后，她在当地朋友的指引下，实地考察了十几家"汤团王"的旧址。现在，这些门店都已改换门庭，变成了台湾小吃、时装、手机、足浴等等店铺，"汤团王"当年的盛况荡然无存。在临江的"浦江舫"豪华餐厅里，黎温绮一边品尝着精美的上海小吃，一边听大家讲述"汤团王"的兴衰史和一个个有趣的小故事。听后，她唏嘘不已，当即决定，先将"汤团王"的盛衰史写出来，或许对餐饮业的同行和后人有所启迪，然后再去做汤团文化的研究。她的这个决定，自然赢得一片掌声。下面，就是她对"汤团王餐厅"的调研。

20世纪90年代初的上海，十层高以上的楼房不会超过100幢，城市显得十分老旧。刚满30岁的汤序穆，当时就住在靠近江边，搭满违章建筑、破旧不堪的弄堂里。

在家里，汤序穆排行老三，娃娃脸，长得有点像中国 20 世纪 80 年代的电影明星毛永明，相当福相。可现实中的他，当年却很贫寒。只念过初二的他，在上海南市区的跃进糕团厂里当货运司机，每个月的工资 36 元。他每天凌晨三点就要起床，立即骑车火速赶到厂里。然后将 200 多斤各色糕团搬上一辆 1.6 吨的小货车，马上送往 40 个居民点。这是因为，当时，绝大多数工厂里和全部的百姓家里，都没有冷藏设备，做出的糕团放得时间一久就会变质，所以必须在糕团做好后，立即送到全市各糕团店卖掉。可想而知，长年累月上夜班的糕团厂的职工有多辛苦！他们做出的糯米糕点有：条头糕、双酿团、豆沙团、寿桃等。米粉和面粉的产品为：豆沙方糕、定胜糕、老虎脚爪、蛋糕、绿豆糕等。这些江南点心，非常平民化，几分钱就可以买一个。但，都需要凭粮票购买，最小的绿豆糕，买两块，需付半两粮票。即便如此，还是大受百姓的欢迎。汤序穆将货运到，糕团店门口便排起了长队，不需要花多少时间，千把个糕团就被抢购一空。

汤序穆每天要忙到下午 3 点，才能回到家里休息。虽然已经有了女友，但他还是不敢向她求婚。为什么？因为首先家里空间本来就小得可怜，只有 40 平方米，且父母都健在，两个哥哥，都把婚房安在家里。可想而知，每个单元的面积有多局促。汤序穆还有两个妹妹，都待字闺中。所以，家里所剩的面积，已经没有再分隔出婚房的可能。其次，自己的赤贫，所有的积蓄，加起来只有一两百块，这点钱，只够买一辆沪产自行车，哪里买得起房子！他给自己算过一笔账，一辈子即使不吃不喝，干到 60 岁退休，最多只能赚到两万块人民币！这点钱，只能过上十分贫寒的日子，绝无可能富裕，这使从小就有发财梦的他非常沮丧。他决心要改变命运！思考再三，他做出了一个破釜沉舟的决定——跳槽！

他先是去说服父母，把自己算的账述说给他们听：自己一生攒的钱，用于生存尚可，再要结婚和以后抚养子女，就相当吃力。他还引用了当时社会上广泛流传着的鲁迅先生那句名言："不在沉默中爆发，就在沉默中死亡。"与其活得窝窝囊囊，不如做一次人生的赌博，冒一次险——他将辞去糕团厂的工作，去自主创业，或许能活出个人样来。

但此想法，遭到父母及家里所有人，包括女友的激烈反对。

"你疯了啊？有着太平饭不吃，偏要去找罪受？"汤序穆的父亲汤耀武气愤地拍着桌子训斥道，"今天，我把话跟你挑明了，我们反对你跳槽！如果你不听，就不是我儿子！以后，你就是要饭，我们也不管！"

但是，汤序穆就是不为所动，硬是把好端端的工作辞掉了。女友闻此消息与他紧急分手。他为此痛苦和失落了好几天，但很快就释然了。谁让他是"O"型血呢，心灵的排毒能力特别的强。

说来也好笑，这么一个重要决定，竟是按照从小养成的一个奇特的个人习惯做出的。这个习惯，叫作"三占二胜法"。汤序穆每当拿不定主意的时候，都会把"要做"和"不要做"分别设置在一元硬币的正反两面上。然后，将硬币抛过头顶，掉地上后进行占卜。如果三次中，有两次硬币掉地后，正面朝上，说明此事可做，反之，就毫不犹豫地放弃。这个方法很管用，因为在汤序穆看来，人的最大的悲剧，就是犹豫不决！实际上，好机会对于每个人都是均等的，就看你能不能抓住。绝大多数人，好机会来了，往往前怕狼、后怕虎，犹豫再三，结果，好机会稍纵即逝。等到想明白后，再想把机会要回来，已无可能。因此，这个办法也叫作：烦恼排除法。汤序穆一路走来，就喜欢用这个简单的方法处理任何麻烦事，往往结果甚佳。后来，他连选择女友，也用此法取舍，不过，此乃后话了。

汤序穆先是在家附近的银行边上，搭了个属于违章建筑的 5 平方米的小房子。做起买卖外烟、小杂货，修修钟表，配配钥匙的小生意。邻居和里委出于对失业青年、小贩的恻隐之心或不屑，也几乎无人去告发和干涉他。有貌似据理执法的街道"三整顿"干部前来干预，也往往诈了几包"万宝路"去，从此睁一只眼，闭一只眼了。

汤序穆的生意渐渐好了起来，一个月下来，竟然赚了 400 多块，这是他原来月工资的十倍多！这让汤序穆窃喜不已，也更使他坚信自己跳槽抉择的正确和英明！随着他的衣着和出手逐渐阔绰，来自亲友、邻居等多方面的嫉妒和麻烦也渐渐多了起来。他会用小恩小惠，将前来干预的里弄干部和其他职能部门的干部一一摆平。这样一干就是五年。到了 1995 年，他早已成了当时的大款——"万元户"。由于经济条件上去了，加上他本来就有孝心，多番的沟通、请客，汤序穆与父母兄弟姐妹的关系很快就修复了。周边的邻居碰到红白喜事、重大变故，他也往往会撒钱拔刀相助，这样，人们对汤序穆的传闻渐渐正面起来。

从此，每年春节的家庭聚会，几乎都由汤序穆召集和买单。聚会上，汤序穆都会给父母和其他长辈、平辈和晚辈们发放不菲的红包，还根据对象的年纪、性别和嗜好等情况，赠送补品、首饰、烟酒、服装、箱包之类的大礼包。这在以前，汤序穆即便有这样的心愿，也是没有能力做到的。

对于两个妹妹的婚礼，他各馈赠了一万元，让她们去备嫁妆。这在房产每平方米只值几百块的当时，曾经让两个妹妹感激不已。

不久，汤序穆便在家族中赢得了普遍的赞誉和敬仰。

汤序穆是个闲不住的人。他对父母说，自己姓汤，又曾在糕团厂看过做糯米团子的技术，所以，想重操他的老本行之一——做汤团，他准备开一家汤团店。这又招致全家人的反对。他们的理由是，杂货店开得很成功，不要见异思迁了。但汤序穆这次依然还是我行我素，理由很简单，那是根据"三占二胜法"做出的决定，不容置疑和改弦易辙！可是，家里人仍然觉得他中了邪，搞的是歪门邪道，于是，又与他翻了脸。

汤序穆不得不又陷入了单打独斗的境地。有一天晚上，趁着夜色，他叫来一帮泥瓦木工，迅速将杂货店扩大到 15 平方米。明显属违章建筑！第二天，立即招致隔壁银行的抗议。但笑眯眯的汤序穆软缠硬磨，在答应长期低价供应银行所有员工一顿优质午餐后，此事因无其他邻居反对，便成定局。

经营中，汤序穆非常好客，喜欢交友。对于好友，他常常打折，甚至免单，所以，回头客众多。

汤序穆给店起的名字就叫"汤团王餐厅"。两个月后，让人难以置信的情况发生了：以"汤团王"为圆心，40米为半径的街面中，除了有肯德基、麦当劳这样的旺铺外，还有另外四五家大小饭店，可到"汤团王餐厅"用餐的人数，明显超过了它们中的任何一家。道理何在？就在于"汤团王餐厅"的汤团风味独特，工艺精细，非常合乎江南老百姓的口味。加上价钱便宜，所以，深受大众的欢迎就在情理之中了。

当然，汤团本身的质量是关键，这是汤序穆带着几个厨师花了半个多月潜心研制出来的。先说它的外观，"汤团王"卖出的团子洁白圆润，个大实在，基本上是一两一个，跟大的高邮鸭蛋个头相当。给人的第一印象：分量充足，雪白如玉。当然，取胜的关键是它的内在质量，让人信服。它的主要食材——那白白的皮子，就如同店门口的广告上所介绍的，选用的糯米全部产自江苏的丹阳，因为那里产的糯米天下最良，不仅吃口好，据古书记载，它还是温和的滋补品呢。具有补虚、补血、健脾暖胃、止汗等作用，含有丰富的蛋白质、脂肪、糖类、钙、磷、铁、维生素B及淀粉等多种营养成分。为了避免皮子太糯，在开水里下的时间稍长就烂了，汤序穆对米粉的成分加以改造。经过多次比对，他终于发现，用东北盘锦产的大米和千岛湖的水，按1:8的比例熬成的粥，作为溲粉的水和添加成分，搅拌出来的糯米粉面团，既软又韧，久煮而不会烂，口感又好。接着，相辅相成的必然是馅料！"汤团王"销售量最大的是猪肉汤团，所采用的猪肉，是著名的金华"两头乌"身上的夹心肉。瘦肉和肥肉之比为7:3，并不是因为精肉多了就一定好吃，还需加上少量的肉皮冻，然后配上绍兴的古越龙山黄酒和浦东三林塘生抽和少量的台湾南投产的砂糖、山东淄博的生姜末，就会有独特、鲜美的味道。煮熟后吃起来，有点像南翔小笼包，咬一口，便有一股鲜美的汤汁流入口内，让人回味无穷、流连忘返。除此之外，咸味的汤团还有好几个其他的创新品种：荠菜猪肉、香菇冬笋、开洋豆干、韭菜鸡蛋、虾仁青泥等，样样都卖得很火。

再说"汤团王"的甜味汤团，那更是品种繁多。首推黑洋酥馅的汤团，其香糯、细腻，都是其他点心店所望尘莫及的。因为它的原料黑芝麻，产自山东聊城，炒熟研磨后，拌上 10:1 的猪油和 50:1 的桂花，吃起来喷香扑鼻。另一款玫瑰豆沙，也是风味独特，咬一口，那浓郁的玫瑰香就直沁心肺，让人舍不得吃下去，之后又让人口留余香。除此之外，甜汤团还有凤梨、枣泥、薄荷、绿豆泥、莲蓉、巧克力等十多个品种，个个都有绝妙的搭配，这就造就了"汤团王餐厅"天天爆满，逐渐形成了在"汤团王"店门口排长队堂吃或外卖的局面。两个月下来，汤序穆已经有了三十多万元的纯利润。还没等有关部门前来干预违章建筑，汤序穆已经把门店搬到了市中心的大型超市德尔玛的门口。这下，"汤团王"更火了。

汤序穆的腰包开始迅速膨胀，作为第一件事，他给父母在市中心买了玫瑰花园的一间两房一厅的公寓房，而且，还配置了进口冰箱、洗衣机、电视机等完备的家用电器，这使得汤序穆的父母感动万分，他俩逢人就称赞自己的儿子汤序穆孝顺和懂事。

几乎与此同时，一个名叫裘霏霏，另一个叫石楠叶的姑娘几乎同时走进汤序穆的视野。裘霏霏长有一双丹凤眼，一对令人神往的酒窝，原先是一家纺织厂的厂花，也是因为不甘现状，才出来自谋职业，在一家外资大超市，担任领班，工资不菲，但忙得够呛。那天，她是慕名而来到"汤团王"总店的。在那里，好家伙，她一连吃了八个汤团，又下单要了第二碗。

当服务生将第二碗汤团端上来时，远远站着冷眼相看的汤序穆终于忍不住了，马上前来制止："别吃了，小姐，糯米吃多了，会把胃撑坏的！"然后一把将她的碗撤走。

"哎——你怎么可以这样？知道不，这是侵犯人权！"裘霏霏抗议道，"这汤团太好吃了！因为住得远，想一下子吃个够！"

"你又不是骆驼，有两个驼峰，吃下去可以储存。你如果这样，会要命的！"

"那怎么办？已经吃下去了，又吐不出来……"裘霏霏有点急了。

"别急，别急，"汤序穆笑看着她的窘态，对远处的一位女服务员吆喝："小李！盛碗原汤来给她喝了！"

小李随即就端来了一碗下圆子的汤来，放在裘霏霏面前。

裘霏霏一脸困惑："我已经吃得很饱了，哪里喝得下这么多的汤水！？"

汤序穆和颜悦色地解释道："今天教你一着，——遇到汤圆吃多了不消化，民间有个最好的偏方叫作'喝原汤化原食'，就是喝下原来下圆子的汤，就能化解掉胃里不消化的症状。"

裘霏霏的眼睛发亮了："哇——还有这么多的讲究！那我喝了。"三下两下，她将原汤喝了下去，然后笑笑抹了抹嘴："好胀啊！"

"待会儿就会舒服了。"

裘霏霏竖起了大拇指："汤团王，果然名不虚传！那我再尝几个。"

汤序穆："虽然好吃，但还是要适可而止，怎么任性得像个学龄前丫头？"

裘霏霏咕哝道："不吃就不吃，没见过店家会拒绝顾客点菜的！"

汤序穆不予理睬，转身把账台小姐叫来："这位小姐的单子我买了。"

"为什么？"裘霏霏好奇地问，"看来，你是这里的头儿。"

账台小姐谄媚道："他是我们的董事长！"

"哦，怪不得这么牛！"裘霏霏吐了吐舌头，做了一副鬼脸，"如果我不接受免单呢？"

"虽然汤团不值几个钱，但哪有小姑娘拒绝免单的？如果你一定要拒绝，那我会认为，自己遇到了傻子！"汤序穆那天心情特好，见裘霏霏很调皮，他有点喜欢她，所以，站在店堂中，继续与她搭讪。

"既然说我是傻子,那我就是傻子了!那,老板,我要买四十个圆子,打包。其中,二十只鲜肉,另外二十只,十只豆沙,十只芝麻。"裘霏霏笑嘻嘻地回答。

"得寸进尺!好吧,全部奉送,满足你!"汤序穆大度地吩咐账台小姐去落实。

从此,裘霏霏便成了这里的常客。

差不多同时,汤序穆还在一次看房过程中,认识了另一位姑娘石楠叶。她是康而佳御景花苑楼盘的推销员,长得清丽可人,很"嗲"。相信,凡是见过石楠叶的男人都会有点动心,汤序穆自然也不例外。汤序穆打了一些电话给她,她似乎也没拒绝,有时,还会主动打电话给汤序穆,这使汤序穆立即把她放在自己的心上。从她天天变化的衣着打扮来看,她的家境一定比较富裕。经了解才知道,她的父母都是官职不小的公务员。

汤序穆跟这两个异性混熟了以后,便有些举棋不定了。

裘霏霏来店就餐,汤序穆只要见了,往往给她免单,但一次次被裘霏霏拒绝,这反而让汤序穆肃然起敬。而石楠叶来店用餐,却从不客气,见汤序穆给她免单,她"照单全收",连个"谢"字都不说。

回到家里,汤序穆又一次采用"三占二胜法",对到底选择裘霏霏,还是娶石楠叶,进行了占卜。结果,答案是前者。这个结果,促使汤序穆恋恋不舍地放弃了石楠叶,集中精力发起了对裘霏霏一轮又一轮的猛追,他俩很快成为了恋人。

汤序穆邀请裘霏霏辞去工作,到"汤团王"总店担任大堂经理。裘霏霏居然同意了,几天之内,毅然辞去了在大型国企的工作,然后立即到汤序穆麾下赴任。一个月之后,裘霏霏已经将本职工作做得很出色。

但就在这时,麻烦找上门来,总店所在区的司法部门的工作人员,查出了"汤团王"存在着向有关职能部门官员行贿十多万元的问题,并且要拘留汤序穆。这时,裘霏霏挺身而出,将所有问题揽在自己身上。她对汤序穆悄悄说出的理由竟是"国不能一日无主，汤团王不能一天没王！因为我是'小八刺子'（沪语：小人物），我被关进去无伤大局！"汤序穆感动得不知如何是好，心想，那"三占二胜法"还真管用，一占一个准。汤序穆暗暗决心，一定要尽快娶裘霏霏为妻。

果然，裘霏霏被关了两个礼拜，汤序穆花了不小的力气和不菲的金钱，将她保释了出来。

看守所的门口，汤序穆在第一时间不顾一切地拥抱了裘霏霏。裘霏霏呢，被这一突如其来的举动愣住了，随即便是委屈和从未有过的感动，泪水止不住地奔涌而出。汤序穆用热吻，吸干了她的泪水，也深深地吸附了裘霏霏的心。汤序穆的内心充满了对这个愿意顶替他入狱的血性女子的感激。说来也巧，这一幕，也让正好开车途经此地的石楠叶看到了，她是流着泪珠、哽咽着驶离此处的。回家途中，她由于恍恍惚惚，还出了车祸，受了点伤，但汤序穆当时一点都不知道，事后，他专程去医院送慰问金，却被石楠叶扔出窗外。

几天之后，就在"汤团王"总店的大堂里，汤序穆当着所有员工的面向裘霏霏求婚。裘霏霏虽有点羞涩，但也毫不犹豫地接受了，拉他起身，与之相拥。周边，当然是掌声一片。汤序穆大喜，当即拉了裘霏霏去民政部门登记结婚。裘霏霏说："别急，别急！我还没有征得父母同意呢！"

这不完全是实话，真相是，裘霏霏的父亲是昆曲的知名演员，他们对裘霏霏的男友只有初中文化难以接受，所以，坚决反对裘霏霏嫁给汤序穆这样的开汤团店的男人。但裘霏霏不为所动，她坚信：汤序穆是个才子！时间也会改变一切！

在热恋的那些日子里，汤序穆带着裘霏霏光顾了全市几乎所有的公园和游乐场，在那里，留下了他们俩不避路人，如胶似漆亲热的许许多多的画面。市中心的首饰店、影城、衡山路、安福路上那些小资气十足的酒吧、西餐店……都是他俩常去的地方。既然裘霏霏的父母不同意他们的结合，他俩决定也就不

51

办喜宴了，办好了结婚证，就住在一起。他俩的婚姻就这么简单。他俩料定，最后父母肯定会举起白旗，承认他们的结合。毕竟，婚姻是他俩的终身大事，最终的决定权在他俩手里。

裘霏霏有五个姐妹，她是老四。上面几个姐姐的名字分别为：芳芳、芬芬、蓓蓓。最小的妹妹叫萋萋。除了萋萋，全都成了家，而且都在国企工作。本来，她们能在国企供职，非常令人羡慕，但，随着邓小平改革开放政策的实施和推进，他们所在企业的产品越来越没有市场，生产开始萎缩，员工的收入不升反降，手中的铁饭碗开始摇晃。最终，随着企业的整体变卖、承包、转让或被兼并，不少企业的领导摇身一变，成了腰缠万贯的老板，佩金戴玉，好不威风。而企业里的老职工，要么被"买断工龄"提前退休，要么领了一笔钱，辞职下海，重新艰苦创业……总之，都失去了国企原有的稳定的工作，变得惶惶不可终日。

而在市场经济开启之初就下海的汤序穆，他的情况恰恰相反，可以说是"蒸蒸日上"。几乎所有的亲友和熟悉他的人，现在开始夸奖起汤序穆的远见卓识，并后悔自己当初为何没有跟进。而汤序穆对此一笑了之，结婚后的他，非但没有沉湎于夫妻间的缠绵，反而更努力地去拓展汤团店的业务。他从两个方面入手，首先是抓好内部管理，其次是扩展"汤团王"的门店。

为此，他经裘霏霏的提议，请来了她的姐夫，也就是大姐芳芳的老公——顾大客来帮他试着抓内部管理。不久，又把裘霏霏的那些已经或濒临失业的嫡亲姐妹，全部安插到"汤团王"的各个门店当老板（但到了后来，"汤团王"的全线落败，也源于此！）。这是汤序穆不久被裘霏霏的父母认可的最主要原因！还有一个次重要的原因，也是汤序穆会经营、会做人的地方，他要求各家门店做到，所有的大堂和包房里，都要播放昆曲的名家名段，将它们作为背景音乐。另外，环境也要布置得带有昆曲的风味和元素。这样，带穗的竹笛、琵琶、古装戏服……以及梅兰竹菊的图案经设计后都被固定到门店的各处墙上。从此，

《牡丹亭》的"原来姹紫嫣红开遍，似这般都付与断井颓垣，良辰美景奈何天，便赏心乐事谁家院……"等的昆曲声，在"汤团王"各家门店里回响，而且不绝于耳。这使得裘霏霏的父亲大为满意，对女婿的孝顺和儒雅逢人便夸。而对于广大的顾客而言，一边听着优美清澈的，被公认为"百戏之祖"的昆曲音乐，一边品鉴着美味可口的江南美食，也不失为一种独特的精神享受！于是，良好的口碑便在"吃货"中广泛传颂。

汤序穆首先倚重的是顾大客，此人戴着一副金丝边的眼镜，是个白面书生。他毕业于复旦大学经济系，原先在一家棉布染色厂当副厂长。经妹夫一叫，他犹犹豫豫了几周，终因自己所在的厂子正处在变卖和倒闭过程中，他不是利益集团中的人，也看不清自己的前途在哪里，加上，看到自己"落草"（顾大客自嘲语）"汤团王"后，收入可以翻个几倍，于是就下了决心，辞了职，来到"汤团王"公司里当副总经理。

这个顾大客也真行，仅仅花了两个多月，就把"汤团王"整个的生产流程搞得清清楚楚。他向汤序穆提出要对其加以改进、优化的建议。他认为，首先要从严控进货渠道入手，几个门店的糯米粉、猪肉、豆沙等各种食材，以及油盐酱醋等各种佐料的进货，全部由总店统一采购和派送，并由他亲自负责全程的监控。另外，引进了国际先进的ISO9000食品质量管理体系，——将各个品种的汤团配方和制作流程进行了全面科学的定型、固化，并聘请专人负责监督抽查。还对全部财务人员进行了专业培训、考核和筛选，随后建立了严格的奖惩条例……这样一来，"汤团王"内部的各种"跑冒滴漏"基本杜绝，经济效益出现了明显的好转，管理终于走上了正轨。

此前，有老顾客反映，"汤团王"的鲜肉汤团不如以前鲜美。汤序穆就警觉起来。有一天夜晚，他没去搓麻将，第二天起了个大早，戴了个大口罩，开了辆雅马哈摩托，跟在自己公司的采购车后面。半小时之后，采购车并未开进合同单位——豹杨路农贸市场的"满口香"肉铺，而是来到了市郊的一个农庄的大院里。看到这里，汤序穆已经大骇。他压住怒火跟了进去，接下来的一幕，更令他大吃一惊。原来，这是专门廉价供应猪肉边角料的地方。甚至，那些猪的淋巴，病死的猪肉，也在低价销售。这里的掌柜还当场将它们打成肉糜，让买主背回去混在新鲜的猪肉里充数。汤序穆毕竟是个有城府之人，他忍了下来，悄悄地溜了出来。不久之后，他给了采购车上两个员工一笔丰厚的安家费，就把两人裁了。然后召开公司全体职工大会，宣布了几条冠以"红线"的公司采购纪律。从此，把食材采购的所有的事情全部交给顾大客去负责。这样一来，"汤团王"的鲜肉汤团又恢复了原来鲜美多汁的味道。

汤序穆内心对顾大客来"汤团王"的表现是满意的，他开始把主要精力放在开拓市场上。由于汤序穆十分好客，气度大，所以朋友很多，对于媒体的朋友和特别要好的朋友，他大笔一挥，往往给予免单的优惠，这就形成了滚雪球的效应。认识他的人都对汤序穆的人品予以肯定，都夸他的性格也像糯米一样，有极大的凝聚力。每隔一两个月，各种媒体上，都会有对汤序穆的采访和赞美之类的文章刊载、发表。

裘霏霏的父亲裘僧伯，年逾花甲，是知名昆曲演员，也是一个美食家，汤序穆与他的女儿结婚后，他开始是激烈反对，后来，见生米煮成了熟饭，他也渐渐改变了态度。汤序穆和裘霏霏经常邀请裘僧伯光顾"汤团王"和沪上各家老字号饭店，以取悦于他。这着棋果然有效，裘僧伯开始喜欢起这个女婿来。裘僧伯不久被查出，已患上了严重的心梗，医生要他马上安装支架，否则随时会丢性命。病床边，裘家的几个女儿、女婿吓得一个个都不敢吭声，而此时，汤序穆则毫不犹豫地站出来承诺：拿出40万元给岳父支付安装心脏支架产生的所有费用。从此，汤序穆在裘家的主脑地位不可撼动。

随着"汤团王"的生意越做越好，便有流氓上门来滋事。

那天，非常难得，汤序穆正和裘霏霏躲在总店的办公室里亲昵，一个服务生火急火燎地没有敲门就闯了进来："老板，不好了！有一对男女在大堂里闹事！"

汤序穆整了整领带："有我在，咋呼什么呀？"

裴霏霏问："说具体点！他们怎么闹的？"

服务生："说是吃到了一只苍蝇，要我们赔钱！否则，要把我们告到消费者保护协会去！"

"好，让我下去看看！"汤序穆平静地走出办公室，来到那对男女旁。四周已经围满了看客。

那男的顾客，满脸横肉，怒不可遏，他撸起袖管，随时准备动粗。而那胖女人，双眉竖起，端着一个小碗给汤序穆看："你是这里的老板？卫生工作怎么抓的？看见吗，汤团上竟然粘着苍蝇！哎呀呀，恶心死了！怎么赔钱，你自己说！"

"说得对！当然要赔钱！"周边的看客也在起哄。这就是有些国人的祖传毛病，喜欢落井下石。

只见汤序穆不慌不忙地接过那个小碗，仔细看了一下，便把那只苍蝇放进嘴里吃了下去，令所有的人大惊失色。

汤序穆笑笑，轻描淡写地说："喔吆，我当是什么了不起的大事！一粒漏进去的葡萄干而已，不值得大惊小怪！"

流氓男一下子反应过来，说了声："即便你销毁了证据，我们还是要告你！"

"告去吧，愿意奉陪！"汤序穆拿出手绢擦了擦手指，平静地回答。

那对男女骂骂咧咧地离开了。周边的人一面小声议论，一面也很快地散去。汤序穆赶紧去卫生间吐掉口中之物。

此事，后来成为家族中经常聊起的处理紧急事态的典型案例。

"汤团王"在餐饮界的名声鹊起，短短两年之内，"汤团王"已经在全市各区建立了二十多家门店。"汤团王"很快变为沪上最著名的私营餐饮企业。

真是一本万利的好生意啊！如果其他人要做加盟店，除了要支付每年 20

万元加盟费外，还必须：购买其运营模式；接受总店配送的汤团馅料、大部分招牌冷菜的配送、大部分规定热菜的半成品配料；接受门店的装潢设计、宣传广告和碗筷等。任何与总店的风格不同的改变，都必须经得总店的同意和授权。即便如此，恳求加盟的点心店的个人和企业还在不断的增多。"汤团王"的资产一下子过了亿元。

汤序穆把全市划成了几个片区，分别交给他的几个大姨子及小姨子去管理。于是，芳芳、芬芬、蓓蓓和姜姜都迅速致富。其实，在这个过程中，几个姐妹和他们的男人或男友，为了利益和门店的地理位置、生意的好坏，多次发生争执、龃龉，但是，慑于汤序穆的威严和魄力，家族中间激烈的利益冲突被一次又一次地"镇压"和化解。整个"汤团王"集团，走上了稳健发展和不断扩大的道路。

汤序穆对于家庭纷争的撒手锏是："谁搞分裂、谁贪心，那么我就让谁滚蛋！"这一招还是挺管用的。比如，1996年，裴芬芬与裴蓓蓓为了争夺西方商厦五楼"汤团王"27号门店的掌控权，产生了激烈的冲突。

西方商厦，位于上海发展得最好的商圈——徐家汇的中心地带，这儿是年轻白领下班后最喜欢光顾的地方。商厦里面，吃喝玩乐、各种高档时尚的消费品应有尽有。在它的五楼，有300平方米的一处商铺，本来是餐饮企业的国企上市公司——"须德楼"旗下的一家业绩颇佳的门店。可是这两年，这家公司投资房产栽了，董事长携巨资逃到境外。于是，树倒猢狲散，所有的门店在一两个月里纷纷倒闭。在一次企业家联谊会上，裴芬芬从西方商厦的业主那里得知了这条信息，就鼓动汤序穆将这个门店拿了下来。因为裴芬芬提供情报有功，所以，汤序穆就让裴芬芬拿去经营。这就引来了门店地段和经营稍差的妹妹裴蓓蓓的强烈不满。她觉得自己又吃亏了，于是在一次董事会的例会上，趁汤序穆到门外接电话之际，把这种不满发泄了出来。她也不顾及姐妹间的亲情和脸面，与姐姐吵了起来。后来，甚至连脏话都冒了出来。汤序穆走进来后，把裴芬芬和裴蓓蓓一顿臭骂："不要怪我六亲不认，我做的决定，我负责！吵什么？谁搞分裂、谁贪心，那么我就让谁滚蛋！一夜之间，让她重新变成穷光蛋！信不信由你们！"吓得裴芬芬和裴蓓蓓马上都不敢吱声了。

与此同时，汤序穆的野心并未止步，他在为过亿元的资产寻找新的出路。开始，他将其中的部分的小钱用于购买房产。与别人不同，他喜欢利用贷款，他从来不怕贷款。他花了400万元，在市中心买下的两套芙蓉公寓，面积都在200平方米以上，都是豪华装修房，极其漂亮。一套留给自己，另一套把岳父母接来居住，也好互相有个照应。汤序穆将房子布置得有点奢侈：地上，半人高的进口大理石裸女雕像和青田玉雕、紫檀大象、景德镇精品花瓶等，放得到处都是，来客稍不小心，就会将某个工艺品碰倒。吓得许多朋友在赞叹之余都表示："下次不敢再来。"他们担心，碰坏了工艺品，会赔不起。再看顶上，都是意大利产的水晶吊灯，在放射着奇光异彩。每个房间，设计各异，中式房，古色古香，精雕细琢的紫檀家具威严冷峻；西式房，气派奢侈，做工考究的意大利家具，呈现浓郁的宫廷气派；也有现代派的居室，墙面素白色，家具要么是红色，要么黑色，反差极其强烈，那是留给子女栖居的地方。

对此，裴霏霏当然喜欢得不得了，从此，他们俩的生活习惯和规矩也有了极大的提升。早先，他们认为，人的经济条件可以变，但，人的生活习惯和方式，是不会改变的。现在，他们终于发现，这些都是可以改变的。环顾四周也是如此，所有中国人的生活、思想方式都在变，只不过程度和广度有所不同而已。汤序穆和裴霏霏的变化，当然比一般人的变化要大许多。首先是，汤序穆家里都配置了穿制服的全日制保姆，他们把汤家的一切收拾得一尘不染，光亮照人。一日三餐的配置既色香味俱佳，又新鲜可口，且绝不重复。而且，绝不允许隔夜饭菜的存在。其次，裴霏霏与老公一回到家里，空调都保持在23摄氏度左右，保姆立即会捧出绸缎的长裙和睡袍，让他俩换上；外出时，则要送上各色礼服和西装、长裙等让他俩定夺，做到一天一个模样，不允许重复穿着。用裴霏霏的话来说，叫作："做大老板，就是要有做大老板的腔调！否则，就是白活了！"

更有腔调的事情也不期而遇：那年美国总统访华，在上海期间，经驻沪领事馆官员霍伯特先生的提议，总统和夫人带领一帮随从人员特地去"汤团王"静安店，品尝汤团。这种糯米制的食品，据说绝大部分总统随从一生都没有领教过。

汤序穆接到市外办的通知是在一周之前，他敏感地嗅出了其中暗含的巨大商机和价值！他立刻热血沸腾，大有受宠若惊的感觉。在董事会上，当汤序穆把这个好消息告诉大家时，会议室里顿时爆出一片掌声和欢呼声。

"市领导反复关照，此事一定要保密！因为现在已经是初夏，气温比较高。所以，菜肴既要精致、有特色，又要做到绝对卫生、安全！谁要出差错，我就让他滚蛋！"汤序穆紧了紧自己的领带，"这次接待工作，关系到我公司未来的命运和光辉灿烂的前途，所以，意义十分重大！大家一定要通力合作，现在赶紧去作好各种准备！"

那天，美国总统因修改国会的一项重要法案而没有前来，他的夫人仍然按照约定前来。在多辆警车的护送下，一共来了二十多位美国访华团成员。加上中国方面陪同的官员、翻译和安保人员，正好组成三桌。他们先是参观"汤团王"门店的内外环境，然后，穿上白色的厨师服，戴上"烧卖帽"，专门去考察了"汤团王"的厨房。

其中有个随员，应该是食品专家，他仔细地拉开橱柜上的一个个抽屉，上下左右端详了一遍，像是在查看有没有蟑螂的踪迹。然后，又抹了抹冰箱的把手，像是在检查上面有无油腻。穿着一身笔挺西装、打着银色领带的汤序穆，全神贯注，背脊上被吓出了许多冷汗。见那个人对他跷了跷大拇指，汤序穆才放下心来。

等美国朋友坐定，服务生揭开了冷盘的盖子。哇，八个冷菜色彩缤纷，有油爆河虾、五香酱鸭、葱油白鸡、陈皮牛肉、琥珀核桃、橘汁山药、脆皮萝卜和糟卤毛豆。老外一边品尝，一边夸奖。然后，一盘汤圆，一盘炒菜，交替推出。可谓千姿百态，决不雷同。

最先端上来的是蟹粉鲜肉馅汤团，其鲜美自不必待言。接着上的第一道热菜是水晶虾仁，晶莹剔透、又嫩又鲜，旁边还放着一个南瓜做的仙女下凡的雕塑。

总统夫人好奇地问："把水晶虾仁作为第一道热菜？有什么讲究？"

陪同的副市长立马被难倒了，他机灵地提议："这个有趣的问题，还是让这里的汤老板来回答。"

工作人员立即把等候在门外的汤序穆请了进来。

平时感觉颇好的汤序穆，此时发觉自己的喉咙在冒烟。幸好这段时间他恶补了许多餐饮知识，才不至于"卡壳"，他回答说："尊敬的总统夫人，这是我们中国人的一种风俗，它有三层含意。"

"哦，请慢慢道来！"总统夫人兴趣盎然。

"首先，它表达了对客人的欢迎。因为，虾仁，与上海话的'欢迎'一词谐音。"汤序穆说。

美国翻译问了汤序穆好几次，才把第一层意思翻译清楚，这便赢得掌声一片。"第二，它是对朋友的一种良好祝愿！祝朋友发财的意思。大家看，这虾仁的形态像不像银元宝？像！主人将这么多的虾仁让大家分享，就是希望客人能像拿到银元宝那样，发大财！"

经汤序穆这样一解释，一大盘水晶虾仁立马被一扫而空。

"最后，由于它的特殊制作，才具有了半透明的效果，表达了主人对客人的感情像水晶般的纯真。"

"好好！我第一次听到这么棒的解释！"总统夫人跷起了大拇指。

由于这个头开得好，所有的美国来宾都显得异常的高兴。

其实，到"汤团王"用餐，是美国方面的一个故意安排。源于美国的高层智库的判断，他们认为，在公有制、计划经济仍然占上风的中国，美国总统的团队去光顾私营企业，具有特别的战略引导的意味——对于中国中产阶级的形成，具有极大的孵化和鼓励作用。他们长期、经常的扶植，目的当然是让中国的中产阶级逐步形成，将来能在中国社会的政治格局中占有一席之地。因为，在美国的智库看来，将来中国的中产阶级在信仰上，会认同美国的价值观的。当然，这仅仅是他们的一厢情愿。

从此之后，"汤团王"的名声大噪。汤序穆这个精明之徒，在自己的各个门店挂满了他与美国总统夫人和一些随从的合影，这些照片都是他从新华社的一位老友那里买来的。那天晚上，央视播出了美国总统夫人光顾沪上"汤团王"门店的电视新闻。此后，来光顾"汤团王"的人更多了，不仅有本地人，更多的是外地人，以及想尝鲜的外国人。因为，外国人以前几乎对汤团一无所知。但自从品尝了汤团王的产品后，也渐渐成了这儿的常客。

而"汤团王"并没有到此打住，经几个高人指点，汤序穆在纵横两个方面对公司的业务进行了有力度的拓展。首先，对公司配给中心配送的品种进行了极大的扩展。主食方面，除了拳头产品汤团外，增加了其他的糕点，将各种馅料各种样式的蒸团发展到50多种，目标是100种，再配上其他各种江南名菜，如香糯火腿、水晶鲈鱼等等创新名菜，到时候冠以"百团大宴"的名称，打造成为沪上第一宴，在中国餐饮界独占鳌头。其经济效益之好，可以预期。

"汤团王"可以借"百团大宴"再起一个美食的波澜。而且采用总公司集中供货的老办法，主要的利润还是由总公司把控。这就是汤序穆的厉害之处，一、能保持"汤团王"主打产品的质量稳定；二、让肥水不外流，又好断绝各个"诸侯"纷争内斗的可能。

汤序穆的野心还在继续膨胀，他开始了在全国各地建立"汤团王"分公司的布局。因为大家知道，上海老板在各地都混得不错，都是各地商界的精英。通过与当地金融巨子的"厮混"，那些阔佬们也都渐渐喜欢起上海的本帮菜点。所以，将本帮菜送到他们的眼皮底下，根本不愁没有顾客。汤序穆的最终目标，就是组建"汤团王"上市公司。

作为第一步，汤序穆找了他在安徽的一位好朋友——杜靖远，选择在合肥的市中心，先开了上海以外的第一家分店。那圆圆的大门，圆圆的用霓虹勾勒成的店名，都别具一格。当然，最终取胜的，还是"汤团王"的拳头产品——各色汤团的质量。去"汤团王"聚餐、打牙祭，很快就在合肥变成了一种时尚。

初战告捷，汤序穆大受鼓舞，他决心把"汤团王"打到北京去。为此，他特地到首都，找到了他在那里的铁杆好友——赛诺仁，商量成立"汤团王"北京分公司事宜。不久，便在北京的六个商圈布了点，还发动了一帮媒体的朋友进行了慈善公益活动的炒作，迅速提高了"汤团王"在京的知名度。京城的顾客也开始纷至沓来，效益同样良好，尤其是"百团大宴"，很快成了京官们争相品尝、宴请的时髦品牌。当然，更是在京的江南人思乡解馋的绝好去处。赛诺仁也在短短的三年内，在上交了部分的利润后，有了近亿元的身价。他买了一辆价值140万元的大奔不算，还娶了美妻——许佳鹊。

此时的汤序穆已经是踌躇满志，事业前途一片光明。他预计，公司按照现在这样的走势，再过两年，资产基本会达到20亿元以上的规模，申请成为上市公司，就有了扎实的基础。

尽管如此，汤序穆的作风还是很正派，在外从来没有拈花惹草的绯闻，这是裘霏霏特别喜欢他的地方。汤序穆有两个嗜好，一是好吃，二是酷爱打麻将。对于第一个嗜好，大多数人觉得奇怪，因为，从来没有听说过，一个搞餐饮业的老板，还贪吃！但汤序穆自有他的道理，他说，在他出生后的二十多年里，始终没有吃饱过，不是遇到"自然灾害"，就是遭遇"十年浩劫"，买什么食物都需要粮票，而粮票发得比较苛刻，根本就填不饱肚子。那时，即便有了粮票，也不一定能买到你想要的食物。总之，自己的青少年时代都是在饥馑中度过的。现在，自己开了饭店，又有了钱，还研制出许多美味佳肴，所以，他发誓，为了对得起自己的人生，以后每天都一定要吃饱、吃好。通常情况下，汤序穆的习惯，一天至少吃五顿。前三顿，和所有的人一样，就不必多说了。后两顿，绝对有必要说一下：第四顿，称之为"前宵夜"，通常安排在晚上的九到十点，约几个要好的朋友，或是在自己的某个门店吃，或是去市区或郊外的某个特色饭店小酌。一是叙叙友情，二是了解市场和社会。对于一些刚刚冒出的好吃的、富有创意的时尚菜肴，他往往能够在短短几天之内，就赶去品尝，然后，对其配方和制作方法予以破译。随后的十天之内，这道菜稍加改良，往往马上就会出现在"汤团王"各门店的餐桌上，这就是为什么"汤团王"总是能够始终执沪上餐饮界之牛耳的道理。第四顿吃完之后，他就与一些最要好的朋友去搓麻将，以娱乐来消化，来减压。最后一顿"后夜宵"，选择在凌晨两三点钟，比较简单，不是几个虾仁蒸饺、锅贴，就是一碗馄饨和瘦肉皮蛋粥。随后，他心满意足地去洗澡、睡觉。大多数情况下，裘霏霏陪着丈夫，一是崇拜，二是看护。这看护的意思，你懂的。

汤序穆声名鹊起后，有懂医道的朋友，看了他的眼睛和舌苔后，劝他注意自己的血压和心血管问题。建议他去三级医院做一次全身检查。汤序穆那段时间不太忙，就采纳了好友的意见。检查的结果，当然是"三高"：高血脂，高尿酸，高血压。医生建议他马上住院治疗。但是，汤序穆没有听进去。他觉得自己年纪才四十多岁，五十不到，不会有什么问题。他听说现在的医院，往往危言耸听，对病人进行威吓，随后对其进行过度治疗，以牟取暴利。他决定，对医生的劝告一概不予理睬。

但是这次抉择，汤序穆没有采取"三占两胜法"去决定取舍，结果铸成大错！

那天，汤序穆和裘霏霏吃完夜宵回到家里，因为之前吃得太饱、太好，所以，他让裘霏霏先洗澡，他抽完烟，喝点帮助消化的普洱茶后，再去洗澡。

裘霏霏睡到四点，还没见汤序穆来睡觉，觉得有点不对头，就起床去找汤序穆。一边走，一边叫着丈夫的名字。但始终没有听到丈夫的应答，裘霏霏越发觉得事情有些蹊跷。等她赶到自家的桑拿浴室，惊人的一幕发生了，只见汤序穆，赤条条地躺在地上，身体已硬邦邦。裴霏霏呼天抢地地恸哭着，叫醒了隔壁的老父，也叫来了救护车，但为时已晚。汤序穆已经猝死。到了医院，检查下来，也是说他全身血管阻塞，已无法医治！

汤序穆死后，举家悲痛，汤家天天可以听到裴霏霏姐妹们号啕的大哭，原来深藏的各种家庭矛盾和各类问题似乎也渐渐接踵而来，真应着了那句古话，叫着"祸不单行"。

最先出事的是汤序穆在北京的哥们，"汤团王"北京的老总——赛诺仁。

汤序穆出事的第二天，他就带着助手向融开着"大奔"从京沪高速来上海奔丧，帮助汤家料理后事。

大殓那天，也不知道哪个笨蛋想出这样的馊主意：在吊唁大厅里取消播放哀乐，而是播放"汤团王"平时一直在播放的昆曲，以慰亡灵。当时，正在播放《长生殿》的"叨叨令"："不催他车儿马儿，一谜价延延挨挨的望；硬执着言儿语儿，一会里喧喧腾腾的谤；更排些戈儿戟儿，一哄中重重叠叠的上；生逼个身儿命儿，一霎时惊惊惶惶的丧……"此时，正好汤序穆的老岳父在女儿的搀扶下赶到，一听大怒："在放什么乱七八糟的东西！触霉头（上海话，晦气之意。）！关掉！"底下人马上照办。但，这是一个不祥之兆！

之前，汤序穆果然没有看错人，北京的哥们——赛诺仁为人仗义，且头脑清醒，顾全大局。追悼会，由于他——"汤团王"副董事长的到来，许多心怀鬼胎，企图趁火打劫的人赶紧收敛。

大殓之后，紧急召开了董事会。由赛诺仁主持。伶牙俐齿的赛诺仁与汤序穆的皇亲国戚几番唇枪舌剑之后，大家总算克服分歧，一致推举赛诺仁代理"汤团王"董事长一职。

然后，赛诺仁要紧急赶回北京处理、移交完北京分公司的各类事务。他打算安顿好近八十岁的老母亲后，再赶回上海赴任。在回北京的路上，尽管他是老板，但还是体谅助手向融的身体，提出轮流驾车。向融也同意了，内心充满了对自己老板的真心感激。谁料，沿着来路，车开到蚌埠，正好遇到了雾霾，由于赛诺仁急于赶路，加上疲劳，车速过快，轮胎爆裂，又处置不当，结果撞上路旁的钢栏，导致翻车，当场身亡。

有相信玄学的人就讲，谁叫汤序穆大殓那天，家人播放那么不吉利的昆曲唱段！而且，赛诺仁那天开的车又是"奔驰"，上海话的谐音是"奔死"，多不吉利？！

几天之后，赛诺仁的司机——向融从医院出来，第一时间赶到赛诺仁的母亲胡乃清家里。向融是个老实人，当他哭着把赛诺仁出车祸身亡的噩耗如实地告诉了老人家后，胡乃清当场晕厥。向融立即叫来了救护车，将胡乃清送医院抢救。

病榻上，胡乃清醒来后，还是难以接受儿子已死的事实。毕竟，她已年过七旬。她本来是一所大学的著名教授，理应很有修养，但她还是难以迈过"白发人送黑发人"这道人生之坎。她的老伴早已辞世，她就这么一个儿子。尽管赛诺仁已经成家，并且已育有一女，但失子之痛还是让她泣不成声。向融实在不忍心再这样下去，就在胡乃清入院的第三天的早上，等胡乃清醒来，他就跪倒在老人家的床前，他哭着说："赛妈妈，您儿子是为了跟汤序穆的友情和照顾我，才出的车祸，所以，我是有责任的！为了赎罪，也为了代替赛诺仁照顾好您老人家，希望您能同意，认我当您的儿子，从今往后由我来照料您，一直到您老人家百年以后，由我来为您送终！好吗？"

胡乃清激动地点了点头，一下子从床上坐起，泪流满面的她，下巴在颤抖，朝向融伸出了双手。

"妈——"向融一声呼喊，扑到了老人的怀里。

"向融，我的儿啊——"老人恸哭，紧紧地抱住向融。

这一幕，惊动了整个医院。许多当班的医生、护士和其他病人的家属都赶过来，观看这感人的场景，他们都忍不住在抹泪。

向融说到做到，待胡乃清出院，他就租下了胡乃清家附近的一处狭小的民宅，天天早晚都要去妈妈那里问寒问暖，并接受胡乃清老人的各种家务指令。胡乃清对向融这个儿子的表现相当满意。

胡乃清的媳妇许佳鹃自从丧夫后，一直在闹腾，对胡乃清的态度也越来越蛮横。她一是要婆婆付给孙女一笔高达500万元的培育基金，以供她将孩子带大；二是将赛诺仁婚前的150平方米的房产的业主，改成许佳鹃一个人的名字；三是她提出自己才32岁，一定要改嫁。胡乃清对于前两项要求，只能部分同意。对于第三项要求，持保留态度。胡乃清提出：一、可以给媳妇200万元生活费，但孙女不许带走；房子的业主，不允许改成许佳鹃的名字，这是留给孙女的；其二、同意许佳鹃守节三年之后可以去改嫁，但改嫁后不许再住在赛家。媳妇不服，与胡乃清闹得很厉害，婆媳之战隔三岔五地爆发，搅得家里烽火连天，而且有愈演愈烈之势。不久，胡乃清便得了头痛、胃痉挛、高血压等毛病，而且病得不轻。但许佳鹃还是不依不饶，不断前来寻衅滋事。向融实在是看不下去，上前规劝，结果被许佳鹃骂得狗血喷头："向融，你是什么东西？这儿轮得到你说话吗？你让我老公出了车祸，我还没有跟你算账呢！你认胡乃清为母，动机不良，别以为我不清楚！"向融只好闭嘴。

为了更好地照顾老人，向融本想搬到赛家来住，但被许佳鹃坚决阻止。照理，她是不拥有这样的权力的，但胡乃清为了息事宁人，只好花40万元，为向融在附近买了一间简易住房。从此，向融每天早出晚归到赛家服侍老人。也因此，被见利忘义的"汤团王"北京分公司解了职。但对胡乃清老人而言，这是她人生不幸中的大幸。

与此形成鲜明对照的情况是，汤家却如遭遇核打击一般，呈现出分崩离析的局面。前面我们说过，汤序穆的性格也像糯米一样，有极大的凝聚力。他一走，整个家族很快变成了一盘散沙。首先，人散了，——汤序穆死后，连开个董事会都非常困难。其次是心散了——为了公司未来谁来掌权、总公司股权和资产的分配，每个股东各有各的盘算。董事会成员，只要一碰头，要么吵翻天，要么互不理睬。有时，为了一句话不中听，甚至动手动脚，互殴起来。

"汤团王"从此名存实亡！

也正如哲人所言，堡垒最容易被自己人攻破。德气一般的人，能同贫困，就是不能同富贵。一富裕，家庭矛盾就接踵而至。汤序穆健在时，只要他一骂娘，所有的人都鸦雀无声。他一走，家里少了主心骨，"汤团王"的事业大厦便轰然倒塌。

最让人大跌眼镜的是，也是公司里最贪心的，竟是以前老实巴交的芳芳的老公——顾大客。汤序穆死后，他知法犯法，本来由他负责公司的所有食材的采购事宜，并且还宣布过几条冠以"红线"的公司采购纪律，都被他置之脑后。汤序穆走后，由于无人对他约束和监管，他开始明目张胆地收受回扣，做假账，大肆敛财。几个月下来，已经捞了上千万元的好处。其他几个姐妹也在各自的岗位上纷纷效法，做假账，隐瞒利润。"汤团王"的主打产品汤团和其他各种衍生产品的质量和味道都开始明显下降。总公司由于收不到应收款，集中供应链很快出现了断裂。

顾客是讲究实际的，他们确实是上帝，是得罪不起的。当他们发现"汤团王"的质量下滑后，光顾该店的兴趣就开始日益减少。

一两个月后，连锁店销售普遍下滑，大部分门店开始拒绝向各供货商缴纳所欠货款。几乎作为惩罚和回应，总公司也据此停止向那些门店供货，并要求他们立即摘牌。与此同时，各种讨债官司的传票，搅得裘霏霏魂飞魄散，惶惶不可终日。"汤团王"的散架速度，犹如当年苏联的解体！

汤序穆走之前，还曾考虑过要成立像台湾康师傅那样的企业。因为已经有全国好多省城的著名大型超市找上门来，邀"汤团王"去他们那里开设连锁店。但现在，这一切都烟消云散。

汤家的人，由于文化水平普遍比较低，本来每年能分到"汤团王"的一杯羹，便相安无事，现在汤序穆突然死了，汤家的人要求加盟"汤团王"经营的诉求完全落空。为此，汤家的几条汉子前来砸了"汤团王"总店的橱窗。

而裘家的四个女儿，更不是省油的灯。本来没成为老板时，她们之间关系还算亲密，后来成为"汤团王"的董事后，各负责一个区域的门店，就一直在较劲、争斗，都怕自己吃亏。幸好有汤序穆压轴，才维系着表面的平衡。其死后，她们便分崩离析，迅速溃败。她们围绕着经济主控权、股权、财富、地盘的分配，展开了激烈的纷争，一点都不怕姐妹间反目成仇。有人为了一己的私利，纵横捭阖，无所不用其极。有人哭哭啼啼，像发了疯。几个姐妹都一样，自己不想当老大，也不许姐妹中其他人做老大。更不许姐夫、妹夫去掌权。最后，只能同归于尽。应着了《红楼梦》中的那句名言："一片白茫茫大地真干净。"

汤家和裘家的人后来各奔东西，出国的出国，吃老本的吃老本，有的想东山再起，重新开其他品牌的汤团店，结果，都以失败而告终，家人中，再也无有显赫者。连卧病在床的裘老先生也老泪纵横地连呼："汤序穆死了，凝聚力没了，'汤团王'完了，可惜啊可惜！"

"也没有什么值得可惜的！"黎温绮教授对介绍"汤团王"故事的霍伯特先生和他的几个上海朋友说，"本质上，还是个人治的问题。"

霍伯特连连点头，表示赞同："你们新加坡过去也曾有过类似的例子，其实这也是当下大多数中国家族企业的共同命运！"

黎温绮放下了咖啡杯："即便是汤序穆，如果还是这样搞下去，不去学习国际上先进的现代商业理念和管理模式，也是会栽跟头的！"

霍伯特击掌："对对，总之，中国的民营企业家在依法营销的各个方面，距离现代真正的市场经济，还有相当长的路要走！"

黎温绮沉下脸，长叹道："真正值得可惜的是，上海餐饮业少了一个在中国叫得响的品牌！我们作为外国人，来上海，少了一道值得品尝的名点心！"

"是的，是的。"大家都连连点头。

坎 途

卜欣然老师是我初一时的副班主任，1964年秋天时，她还只有二十四五岁，刚刚从江苏师范学院体育系毕业，分配进我们蒲山初级中学。

我还清楚记得初见到她时给我留下的印象，两根很粗的长辫，一对水汪汪的大眼永远放射出和蔼的光芒。有点带方的圆脸，嘴巴不大不小，总是矜持地闭合着。而鼻子的顶端，稍稍带点尖，给人敦厚中不乏精明的意味。卜欣然老师的体态是健壮的，不属于苗条的那一类，听说她曾是体操二级运动员，身高在一米六二左右。她给人的印象是美丽、善良、稳重、沉默、端庄、冷静。上课时，她说着一口流利、带着无锡味的普通话，让我们听得直想笑。

她对我们班上的同学，还是比较亲近的。有些同学遇到疑难的数学题向她请教，她大多数时候也会热情地帮助去解题，尽管同学们都知道她是体育老师，不承担数学的教学任务。

对于班上的事，她基本上不大插手，可能是因为担任副班主任的缘故，如果管得太多，反而有可能招致班主任黎老师的不满，因此她给同学没有留下什么特别深刻的印象，当然也没有留下什么不好的印象。

"文化大革命"开始，她和郭项科老师谈起了恋爱。郭项科老师参加了校里一个很有势力的造反派组织——"孙行者造反司令部"，于是卜欣然老师也就被动地被裹挟了进去。

　　"孙行者造反司令部"这个组织经常搞极左，在学校里斗这斗那，行为粗暴、猖狂，所以名声一直不太好。卜欣然老师又是混在这个组织中唯一的女教师，名声或多或少受点影响。大多数师生对于她原先留给人们的善良、文静的印象开始产生动摇。

　　"文革"时，学校停课闹革命，我有一次到寂静凄冷的学校里晃悠，亲眼看见卜欣然老师和郭项科老师在学校四楼朝北的一个空教室的窗口前互相依偎着，教室的灯是关着的，里面一片幽暗，只是外面月色甚好，他们的形象便像剪纸般一动不动地贴在窗上，很容易辨认。

　　进入20世纪70年代，由于学校还在停课，我就很少再去了，再也没有见到过卜欣然老师。

　　20年前，我们几个初中同学约好了去拜访班主任黎老师，才知道了卜欣然老师后来的一些情况。一言以蔽之：卜欣然老师，一个不幸的女性，其遭遇实在令人同情和扼腕。

　　卜欣然老师的父母，可能对自己女儿后来的遭遇，要负一定责任，正是他们的干预，导致了卜欣然老师跟郭老师的分手。而反对他俩结合的理由，是因为郭项科老师的父母解放前夕去了台湾，断了二十几年的音讯，身份不明。如果卜欣然老师嫁给郭项科老师，肯定对她的前途不利。不过，话又得说回来，卜欣然老师父母的这种做法，在当时也是合乎常理的。卜欣然老师是个传统的孝女，对于父母的劝诫，经过深思熟虑后，还是采纳了，居然很快地与郭项科老师分道扬镳了。

　　卜欣然老师如果当时就能知道自己后来的结局，也许她就不至于那么轻率了。毫无疑问，这是一个人生道路抉择上的大错！

　　而戴着金丝边眼镜、温文尔雅的郭项科老师，在与卜欣然老师离别时，竟然毫无怨言，至少在表面上如此。不久，他被调到海东市的另外一所中学任教，两人就断了来往——不知道这是出于郭项科老师本人的要求呢，还是领导的安排，但这一切都能怪谁呢？当时社会上正盛行"血统论"。

卜欣然老师命运的不幸，这还仅仅是个开头。不久之后，不知道哪个好心人把"奔卅"的卜欣然老师介绍给海军某舰队的一个军官，他们谈了有一两年，感情甚为融洽。那个军官每次从大连到海东市出差，都会给她带好多东西，他们商定要结婚了。按照我国当时的规矩，军队的党员干部结婚之前，必须要经过严格的政审、外调，调查下来如果没有问题，才可以颁发结婚证，否则就必须放弃。

舰队的外调组千里迢迢地来到海东市蒲山中学的党支部，找到了管人事的王科长。这事发生在"九一三"之后，当时学校的党支部干部都已解放，造反派已经处于分崩离析的境地。王科长大概讲了一些关于卜欣然老师站错队的情况，其中一个信息特别引起了外调组的注意，王科长说卜欣然老师的那一派人为了使新来的工宣队支持他们，竟然派卜欣然老师去施展美人计，把一个工宣队的头头争取了过来。卜欣然老师竟然服从了造反派头头的安排，完成了这项使命。

外调组回去一个多月后，卜欣然老师接到了一封来自于舰队那个军官的长达五六页的信。卜欣然老师刚刚接到信时还满心欢喜，可是拆开这封信一看，气坏了，在这封信里，那个海军军官用最尖刻、最恶毒的语言把卜欣然老师骂了个狗血喷头。卜欣然老师一时被弄得丈二和尚摸不着头脑，不知道信里那些诸如"女骗子"啊，"不要脸的东西"呀，"乱施美人计"啊，"贱货"之类的罪名、骂语从何而来？

后来，当她打听到是校党支部王科长接待的外调组，所有的材料都是由他提供的，把她气得简直要发疯。老实巴交的卜欣然老师没有去找校领导辩白，也没有可以倾诉的地方，因为父母兄弟均在无锡，在海东市只有几个远房亲戚。如果逢人乱说，除了会被别人利用来打派仗以外，不可能给自己带来任何的好处。羞愧、愤懑、绝望、仇恨，像毒蛇一样缠在她的心头，使她痛苦得无以复加，她发誓，今后要嫁人，一定要嫁给一个军人。这样才可以气气舰队的那个军官，谁让他有眼无珠。难道我卜某人真是这么蹩脚，连嫁个军人都嫁不成吗？

当时，由于精神的严重焦虑等因素，才30几岁的她得了可怕的妇女病——绝经！医生告诉她，这种精神因素造成的妇女病，是难以治愈的，这种毛病发展下去，淤血有可能会造成半身的瘫痪！

打击，巨大的打击！这使她从一个健美性感的女子变成了一个萎靡不振的、腰粗头小海东人称为"黄胖橄榄"的女人！8个月的长病假，使她看上去好像病入膏肓，变成一个沉默寡言，阴郁愁闷的女子，总之，未老先衰。1975年，听说要加工资，她才到学校里上班。可是已经不能再教书了，被安排在总务处搞搞报销和采购杂物之类的工作。

病没有治好，她还是那副"黄胖橄榄"的模样，也放弃了嫁给军人的打算，但为时已晚，再要嫁给像样点的小伙子看来也很困难。好心人给她介绍了好几个老小伙子，别人听到她的毛病，都望而却步。时至今日，她应该已经八十岁了，据说还是孤身一人。

唉，这个不幸的女人！

情 书

一

诸镇，是江南的古镇，不太为世人所知。

一条弯弯曲曲的小河从镇中间穿过，十几座各式的花岗岩拱桥、石板桥横跨其上。两岸粉墙黛瓦的民居错落有致，二楼窗户里支出的竹竿上晾满的各色的衣裤随风摇曳，可能会被人认为有点不雅，但更多人会觉得这就是古镇真实的民俗，古朴而实在。

出了古镇，便是望不到边际的桃树林。现在是暮春时节，幽香遍野，群英纷落，煞是好看。

"人面不知何处去，桃花依旧笑春风。"辛小迪牵着新婚妻子郭梅的纤手，踩着长满南苜蓿的阡陌，穿行在老家诸镇附近的桃树林中，笑眯眯地默诵着崔护的诗。

这一年，辛小迪快 30 岁了。恢复高考，他顺利地考入了大学。回顾自己和几个儿时小伙伴的情史，终于觉得自己还颇有"桃花运"。

辛小迪采撷了几朵粉红色的桃花，自然而然地联想起自己的"桃花运"，最早的"桃花运"，竟然发生在 20 年前，简直匪夷所思，而且还带有几丝隐痛和些许惆怅。

二

那是 20 世纪 60 年代初春天的一个下午，当时辛小迪才十一二岁，在念小学四年级，尽管肚子有点饥饿，但因为自己是班上少先队的中队长，想在师生们面前表现得不能落后，所以放了学主动留下来，在教室里帮助郭宝兴、荣欣洲两个值日生打扫卫生。

正当他们一边打扫，一边说笑，正要结束时，同班的一个女生狄高瑶突然闯了进来，昂着头，紧绷着脸，以命令式的口气说："郭宝兴，还有那个荣欣洲同学，我要跟辛小迪商量点工作，你们先离开一下！"

荣欣洲放下扫把："他们都是干部，我们是小百姓，好，我们走。"立即背好书包，拉着郭宝兴朝教室门口走。而郭宝兴随手将扫把、畚箕和抹布放入讲台底下，跟着离开教室。

辛小迪是一头雾水，不知道这个虽长得漂亮，但成绩在班上属于中下游的女生究竟找他有什么事。

等荣欣洲、郭宝兴两个同学走后，狄高瑶走到辛小迪跟前，两颊微微泛着红晕："我刚刚在老师办公室里看到，你三门主课的考试全是满分，而我……都考得很差。你能够帮帮我吗？"

"这个没有问题，我可以教你一点小窍门。"辛小迪欣然作答。

"还有小窍门？怪不得你的成绩总是那么好！"狄高瑶有点阿谀。

"当然，"辛小迪随后问她，"你们大队部有什么工作要布置？"

狄高瑶狡黠地一笑："我故意这么说的，好把他们支开。"她脸上的红晕更加明显，低下头从书包里掏出一张折叠过的纸条递给辛小迪："现在不许看……等出了校门，你才可以打开来看。"

说完，狄高瑶给了辛小迪一个媚眼，说了声："再见。"就迅速地离开了。

辛小迪一头雾水，内心冒出一句话："这个女生好有心眼！她想干吗？"又在思忖，神秘兮兮的，她的纸条里到底写的是什么？为了履约，他把纸条塞进裤袋，没有立马打开来看。

辛小迪背起书包，离开了教室，离开学校。在路边找了个僻静的角落，他才掏出纸条打开看。在纸条上，狄高瑶用圆珠笔画了一朵花，花蕊中间是一颗心。将纸打开，里面写了几句话："辛小迪，我爱你！我们一生一世在一起！！！好吗？狄高瑶亲笔。"

"天哪，竟然是情书！"这大大出乎他的意料！现在，轮到辛小迪脸红了，心跳也加速起来——自己还是一个念小学的少年，竟然有女生大胆地给自己写情书！这该如何是好？这是辛小迪有生以来收到的第一封情书。

幸亏辛小迪平时喜欢看一些中外文学名著，当然懂得其中的意涵。但是从内心来说，除了觉得这个狄高瑶长得不错以外，辛小迪并不觉得她有什么可爱之处。她成绩比较差，喜欢用一些零食去"收买"女生，经常以孩儿王自居。能当上大队长，听说也是靠她有钱的父亲向校长送礼促成的，这让辛小迪有些鄙视。再说，谈情说爱那是大人的事。想明白后，他决定冷处理此事，没有回信给狄高瑶。

此后，辛小迪在课余时间，尽量避免与狄高瑶对视、接触，也没有去教她什么"学习窍门"。当然，他也没有将情书的事告诉其他同学，包括自己的父母。

辛小迪没有任何反应，这当然引起了自认为"白雪公主"的狄高瑶的不满，渐渐变成了仇恨。正好，那时候社会上开始刮起阶级和阶级斗争之风。而辛小迪的父亲正好在当地开过一家生产鞋帽的小工厂，但在前几年已经被"公私合营"了。狄高瑶从父母那里获悉了辛小迪的这个"黑材料"后，便在同学中到处散布"辛小迪是资本家小开"的流言。此事传到了辛小迪的耳里，辛小迪甚为不快，知道了狄高瑶的厉害，也对自己没有响应狄高瑶的情书暗自庆幸。

狄高瑶是不会甘心遭到冷遇的，有一天晚上，她纠集了班上其他几个大大咧咧的女生，在途经辛小迪家门口时，嘻嘻哈哈地故意大喊"小开！小开！……"

正在做作业的辛小迪拉开楼上窗帘的一条缝隙，窥见了狄高瑶在楼下嬉笑领呼的情景。他当然很气愤，想冲出去跟她们评理，但怕影响父母的休息和情绪，还是隐忍了，继续伏案。

就在这时候，既是同学也是邻居的郭宝兴叫了他的姐姐，一起冲出门口将她们赶走。郭宝兴的姐姐训斥道："吵什么？！还让不让人家睡觉了？小姑娘疯疯癫癫的，成何体统？！哪个学校的？明天我要找你们校长去！"

那帮丫头一哄而散。弄堂里又恢复了往日的宁静。

辛小迪因为受到前所未有的侮辱而深感委屈和愤懑，同时也看清楚了狄高瑶是一个任性、颇有手腕的狠角色。他感到诧异，狄高瑶年纪这么小，已经会玩弄权术和手段，几无善良可言。辛小迪望着她们远去的身影，暗自庆幸自己当初没接受狄高瑶抛来的绣球，也没有跟她有进一步的交往。再说，这种状况，根本不是什么青梅竹马。

三

一年之后，小学毕业，同学们各奔东西，纷纷考进了不同的中学。

狄高瑶考进的是当地比较差的"古蔺中学"，虽然再也当不上大队长了，但雄心未泯，总想着有朝一日再出风头。而辛小迪因为家庭出身关系，虽然考分过了市重点中学的分数线，还是被"发落"在"古蔺中学"读书。辛小迪没有与狄高瑶分在同一班上，否则，大家见了面会很尴尬。狄高瑶虽然长得越发标致，但学习成绩还是没有什么起色，所以也没有当上什么班干部，这令她很生气。辛小迪则不然，不但入了团，当上校团总支委员，还年年被评为"三好学生"。

狄高瑶内心肯定很嫉妒，在蛰伏了三个学期之后，机会终于来了。到初二下学期时，"文革"开始。由于家庭出身好，狄高瑶的父亲在纺织厂里当上了造反队的头头。狄高瑶深受其父的影响，再次显山露水，当上了学校红卫兵团的头头，整天穿着军装，腰里缠着皮带，飒爽英姿地带领着一帮红卫兵在学校里冲冲杀杀。无数的大字报把教学楼各处的墙壁贴得铺天盖地。很快发展到揪出并批斗了学校里的各级领导和好多老师。连团总支办公室也没放过，门口被狄高瑶带着手下贴上了封条。

一个快要退休的地理老师邹占魁，因为新中国成立前父亲曾是地主和保长，就经常被狄高瑶组织红卫兵批斗。邹占魁忍受不住这种精神折磨，有一天在狄高瑶的班级监考时，突然爬上教室的窗户，当着狄高瑶等四十个同学的面，从窗户中猛然跳下……

"文革"的烈火越烧越旺，开始停课闹革命。学校工宣队进驻后，狄高瑶等革命小将在工宣队面前表现很积极。而辛小迪等"黑七类子弟"像大风暴来临后的企鹅，只好躲在家里，避开汹涌澎湃的社会大潮。

四

全国所有的大中小学还是停摆，红卫兵运动巅峰过后迅速式微。复课回校的事还遥遥无期，那个曾经冲冲杀杀的狄高瑶，也因底气无存，只好闲散在家里。

屋漏偏逢连夜雨，狄高瑶的哥哥狄甘露因为强奸妇女，被公安关了进去。从此，狄家也开始显露败相。亲戚朋友来往越来越少，门可罗雀。狄高瑶有生以来首次品尝到了世态的炎凉。她几乎每天以泪洗面，默默地学习服装的裁剪和缝制。

适逢声势浩大的上山下乡开始了。狄高瑶因为长期睡眠不好，患上了失眠和窦性心律不齐的毛病，经医院鉴定后，作为"病休青年"，避开了这场青年学生集体下乡的全民运动。

同时得以躲过一劫的还有她过去的几个男同学辛小迪、郭宝兴和荣欣洲。

辛小迪因为肝肿大，郭宝兴患遗传性高血压，荣欣洲得了肺结核都成了"病休青年"。

辛小迪的父亲因为以前当过老板，被抄了家。辛小迪只能老老实实呆在家里学做饭，学摄影，学木工，空下来就看书学习。他也不知道这场革命还要搞多少年。

郭宝兴跟辛小迪还是邻居，他是"红五类"子弟，并不讨嫌出身不好的辛小迪，还是像以往一样，经常到辛小迪家里，与他聊天，甚至下象棋、军旗。他们可不管外面街道上天天在敲锣打鼓的各种游行、示威。

荣欣洲也是邻居，本来与辛小迪关系很密切，但受其具有极左思潮的母亲的影响，不敢再与辛小迪来往，只要远远看到辛小迪的身影，就像躲避瘟疫一样逃之夭夭。荣欣洲在家里跟着母亲学手艺——打毛线。这个活儿，男孩学，会让人耻笑，但荣欣洲学了，而且学得出神入化。荣欣洲自己不敢与辛小迪再交往，也就罢了，还去撺掇郭宝兴也不要与辛小迪来往，以免受辛小迪牵连，被其毒害。而郭宝兴偏偏不为所动，任凭人家怎么挑拨，他还是辛小迪家的常客。

五

"九一三"事件过去三年之后，也就是1974年，不仅上山下乡的政策发生了松动和纠偏，各个街道革委会也开始将"病休青年"招进了"小集体企业"——街道生产组工作。不过，每个工人每天的收入为七毛。即便如此，病休青年们还是互相欢天喜地、争相进入。郭宝兴、荣欣洲和狄高瑶同分在一个帮正规服装厂加工出口服装的生产组里。唯独辛小迪还是因为家庭出身问题，没有安排进生产组，继续在家里吃闲饭，情绪非常失落。

郭宝兴因为根红苗正，为人正直，被街道革委会任命为这个一百多人生产组的组长。

而荣欣洲因为擅长女红，被任命担任女式毛衣编织组的组长，因为是纯手工操作，所以有许许多多的技术问题需要统一解决，故而整天有一帮老中青女人围着荣欣洲转。为此，荣欣洲也颇为得意。

这也带来了意外的误解，有几次荣欣洲下班回家，其母从儿子身上闻到了什么，都会问："儿子，你有女朋友了？"

荣欣洲狡辩："妈！您想到哪里去了？"

其母："那你身上哪来的脂粉味？而且还很浓郁的！"

"……"荣欣洲无言以对。

服装生产组的厂房十分简陋，工作也是非常乏味和枯燥的。但已经在家待业了七年的"病休青年"却干得津津有味，他们似乎看到了自己的前途和希望。

狄高瑶又故伎重演，有一次下班，看到郭宝兴还在办公室里忙着打电话，她也留下来，主动打扫卫生。

打完电话，郭宝兴关上办公室的日光灯，走了出来，看到狄高瑶一个人在打扫卫生，惊讶地问："哎，你怎么还没走？"

狄高瑶的脸涨得通红，当年红卫兵头的威风已荡然无存，她莞尔一笑，怯生生地将一封信交给郭宝兴："人家有一封信要给你……"

郭宝兴严肃地问："不能当面说吗？"

"当面……很难说清楚……请回家去看。"断断续续说毕，狄高瑶迅速转身一溜烟跑了。

郭宝兴只好重回办公室，打开信一看，居然是一封情书！里面的话语相当大胆和露骨。狄高瑶哪里知道，郭宝兴其实已经爱上了一个父母介绍的女朋友，因此，郭宝兴当场就把狄高瑶的情书撕了。他根本没有脚踏两条船的兴趣。

狄高瑶没有得到郭宝兴的回音后，发起了报复。她开始通过赠送香烟和点心，鼓动几名与她要好的男女工人，为了一些待遇方面的琐事，不断跟郭宝兴争吵。不仅如此，私底下还收集和编造了郭宝兴在生产组独断独行、牟取私利、能力低下等一些"黑材料"，然后编写成文，递交给街道革委会，目的当然是要扳倒郭宝兴。街道革委会很快派出工作组来调查，结果，都以查无实据而告终。工作组组长找来狄高瑶，对她进行了口头警告。狄高瑶这才稍微收敛一点。

不得已而求其次，狄高瑶开始向在生产组里担任编织组头的荣欣洲献媚，因为她听母亲曾经说过："男想女，隔座山；女想男，隔层纸。"她去过荣欣洲的家，得知荣欣洲的父亲英年早逝，留下一排三居室的平房，足有180平方米。还有一个200平方米的院子。现在一半种花，一半种菜。荣欣洲的姐姐已出嫁，虽说母子俩相依为命，但家境相当殷实。狄高瑶便发动了又一场情感攻势。有一天上班前，狄高瑶故意将自己的毛衣袖子扯坏，然后上班时抽空找到了荣欣洲，她笑嘻嘻地哀求道："荣欣洲同志，听说你是编织高手，能否帮我修理一下？"

荣欣洲回答得倒也爽快："小菜一碟！我马上帮你修理！"

狄高瑶在边上观察。趁荣欣洲不注意，她往荣欣洲的口袋里塞了一封早就写好的情书。

下班后，荣欣洲在换工作服时发现了那封情书，读完后感到喜从天降。

回家后，荣欣洲开了两天通宵，搜索枯肠，写了四五页的回信，向狄高瑶吐露了感激和思念之情。然后，上班后，趁大家不注意，也悄悄交到狄高瑶的手里，两人对上了眼，相视一笑，之后，马上离开。

从此，狄高瑶几乎每天上班，都会带一点糖果、点心，悄悄给荣欣洲品尝。而荣欣洲投桃报李，买了电影票约她下班后去看电影。所看电影是京剧样板戏《智取威虎山》。看电影的时候呢，又是狄高瑶主动示爱，她把手搁在了荣欣洲的手掌上，荣欣洲可是一个从来没有谈过恋爱的处男，一下子激动得心脏狂跳起来，立即把狄高瑶的手紧紧握住，后面的情节可以想象，迅速地升温，狄高瑶牵着荣欣洲的手，来到了观众席的最后一排，在那里尽情地接吻拥抱，一直到电影放映完毕。

狄高瑶从热拥中站起身，轻轻地对荣欣洲耳语道："你脖子里喷了不少香水吧？"

荣欣洲的脸涨得通红，竟无言以对。

如此两三次约会下来，荣欣洲和狄高瑶双双坠入爱河，很快发展到谈婚论嫁。

那年头，结婚及其仪式相对现在而言极其简单，彩礼只需几千块。嫁妆，仅需两辆三轮车一次性运送就解决了。

狄高瑶刚刚到荣欣洲家里去的时候，还算比较收敛，荣欣洲的母亲对她也不错，他们吃在一起。但是很快，荣欣洲的母亲发现情况有些不妙了，狄高瑶每次吃饭时，总是绷着脸，显得非常的不高兴。原来，是荣欣洲的母亲所提供的晚餐引得狄高瑶相当不悦，她基本上每天都会把昨天吃剩的几个菜放上桌，当然也加烧了几盘新烧的菜肴。

有一天晚餐时，狄高瑶吃了一口隔夜菜，终于屏不住，将口里的菜吐在桌上，气呼呼地抗议道："真像在吃猪食！"然后扔下筷子，拂袖而去。她出了家门，独自下馆子去了。这下，弄得荣欣洲脸面全无，其母铁青着脸说道："这就是你给我娶来的好媳妇！"

荣欣洲气愤地谴责道："她怎么可以这样任性？！"

母亲冷冷地跟了一句："你有本事，当面跟她评理！"

荣欣洲家庭的矛盾越来越深，发展到最后，他们分灶吃饭还不算数，狄高瑶还不时对荣欣洲的母亲冷言冷语。但是荣欣洲的母亲没有跟她一般见识，始终隐忍着。

狄高瑶的肚子大了起来，荣欣洲似乎高兴不起来。最后，狄高瑶还是生了个男孩，自从生了孩子以后，狄高瑶变得更加肆无忌惮，简直把自己视为女王，将老公和婆婆指挥得像手下的小跟班。狄高瑶不仅将荣欣洲家里的各种家具和摆设随意调换位子，还三天两头发出指令，要婆婆去购买一些她喜欢吃的东西、需要用的东西。这令荣欣洲的母亲非常恼火，但她不敢发作。狄高瑶经常会对婆婆及老公颐指气使，一语不合，便恶语相向，甚至还向老公扔东西泄气。可这哪里像夫妻，分明像仇敌。

一切家务全部压在荣欣洲他们母子身上。荣欣洲感到委屈，荣欣洲夹在婆媳中间，每天如坐针毡，他和狄高瑶也没有了夫妻生活。他母亲呢，只能够以泪洗面。

狄高瑶的过分就在于，荣欣洲每个月的工资被狄高瑶全数收缴，然后由狄高瑶发给荣欣洲一些生活费。正常情况下，荣欣洲还可以忍耐，有时候，作为社会人，总会有一些人来客往的交际支出，而荣欣洲在大部分的情况下，都得不到狄高瑶的批准，搞得荣欣洲经常非常狼狈，在朋友那里抬不起头来。终于有一天，荣欣洲抑郁症大发作，直接疯了，被其母叫来几个亲戚帮忙，将荣欣洲强行送进了精神病医院。

而狄高瑶带走了儿子和家里所有财产，到外面租房度日，伺机东山再起。

六

辛小迪成为病休青年是因为肝肿大。由于出身不好，被抄过家，他的大哥又因为反对"中央文革小组"，被关进了监狱，因此，第一批被街道里分配到生产组工作的病休青年的名单里没有他。辛小迪失望透顶，他成了全职的"家庭妇女"，天天在家里帮父母做饭、做家务。另外，又不甘沉沦，一有空就学习文化知识、学几门手艺，包括学习裁缝和绘画。

辛小迪实在无聊的时候，一早起来，就到附近的农村去散步。他是在附近郊区的打谷场上认识郭栋梅的，他们当时一起看一帮老头老太打太极拳。一般来说，这种慢吞吞的健身活动，虽然对健康有利，但为年轻人所不屑，可他们还是参与了。郭栋梅患的是心脏病，心律不齐，经常心慌胸闷，所以第一批分配工作的名单里也没有她。

只要不下雨，他们两个人每天都可以在打谷场相遇。当时的男女青年都还很封建，尽管认识，却都不说话。认识不久后，郭栋梅看到这个辛小迪能说会道，于是就暗恋上了他。她便找一切机会与辛小迪交谈。

辛小迪自我感觉不好，没有工作，处于社会的最底层，因而特别的自卑。

辛小迪根本不敢想象别人能同情他，更不敢奢望会有年轻姑娘垂爱于他。然而，毕竟到了青春时光，他内心还是渴望能够得到年轻女子的关爱。

辛小迪终于在这一年的秋天，得到了郭栋梅传递过来的爱情。

中秋节的早上，郭栋梅这个红五类、重点中学的毕业生，写了一份情书递给了辛小迪，情书是这样写的："亲爱的辛小迪同志，收到我这封信，你一定会很惊讶，是吧？秋天，把心跳藏在一枚裂开的石榴里，把美丽藏在向日葵金色的微笑里，把一份如诗的思念藏在一枚为爱而飞翔的落叶里。我对你的思慕，就如同这秋天，已经不能再熬到冬的来临。但是，我们的命运好像很糟糕，已经过了大学毕业的年龄，而我们还没有工作！不知道前途在哪里？……"

辛小迪读了之后，当然非常的激动，因为这是在"文革"期间！"文革"尚未结束，站错队是要被追究责任的！自从跨入青春年代，辛小迪几乎没有受到过别人的关爱。更不要说，来自同龄姑娘的体贴和关爱！

思考再三，几天后他在回信中写道："亲爱的郭栋梅同志，收到你的这封信，我激动了好几天。首先，我要向你表达我由衷的感激之情！人生这盏清茶，是用无数的苦难、挫折、磨砺冲泡开来的，唯有如此，才可品鉴到那一缕漫上心头的淡香。我相信，黑暗总要成为过去，晨曦定会照亮大地！人生百年弹指间，潮起潮落是一天，花开花谢是一季，月圆月缺是一年，生命在前行中顿悟，岁月在积累中生香。品过了颜色的厚重，便觉清香怡人；看遍了人世繁华，方觉平淡最真。一方静室，亦能修养心性；一杯清茶，亦能恬淡生香；一书在手，安之若素。盈一份诗意于流年，闻得阳光的清新，听得细雨的缠绵，以风的洒脱笑看沧桑；以云的飘逸轻盈过往，以花的姿态坐拥满怀阳光；用淡泊写意人生，用安然葱茏时光。让日子在柴米油盐中升腾，让生活在粗茶淡饭中诗意。透过指间的光阴，淡看流年烟火，细品岁月静好，心中的风景，才是人生最美的。我愿与你携手，走向灿烂的明天！"

看到不，辛小迪在上述文字中居然不敢说一个"爱"字！

辛小迪寄出这封他一生中第一次撰写的自认为"情书"的这一夜，他彻夜难眠。想到在如此落魄的人生中，居然还有一位漂亮的姑娘眷顾自己，他潸然泪下，哭得很伤心，也很开心。

第二天一早，太阳还没有升上来的时候，他们两个已经来到了打谷场上。

辛小迪主动打招呼："小郭，你来了？"

"来了。"郭栋梅问，"早饭吃过了？"

"吃过了。你呢？"

初恋的一切，就是这么平淡。

此后，他们每天都要说上几句平平淡淡问候的话，这让在场所有的人几无觉察。

他们两个人更多的是眼睛里的交流，都有相见恨晚的感觉，旁人怎会清楚？

几个月后，辛小迪和郭栋梅还是被分配进了街道生产组，辛小迪被分到了一家玩具作坊，这里专门为欧洲某个知名品牌生产儿童钢琴。郭栋梅则被分在一家绣品车间做质检。

有了工作，两个人渐渐胆大了起来，竟然到离家比较远的地方肩并肩逛起了马路。

一天晚上，两人在遛马路时，辛小迪对郭栋梅说："如果五年内，还在收入低廉的生产组，那就不考虑成亲的事了。哪一年恢复了高考，一旦我考取了大学，跳出生产组，那么我马上拉着你去民政局领取结婚证！好吗？"

郭栋梅激动地点了点头，然后委屈地捂住嘴哭了起来："好是好，但要等到哪一天啊？"

"我相信，不会等太久的！"辛小迪自信地说。

两人手牵着手，来到了一棵古树后面，热烈地相拥相吻，仿佛这个世界上只剩下他们俩。

不料，竟让辛小迪言中。1976 年 10 月，粉碎了"四人帮"，次年国家恢复了高考。

机会总是留给有准备的人，辛小迪一下子考取了当地的一所大学的建筑系。辛小迪在拿到入学通知书的第二天，就拉着郭栋梅到市民政局的婚姻登记处去领了结婚证书。

当时的结婚证书的最高处赫然印着几行红字："最高指示——领导我们事业的中国共产党，指导我们思想的理论基础是马克思列宁主义。"下面才是婚姻双方的姓名。

秋天的上午，风和日丽，领了证的辛小迪和郭栋梅满脸的笑容，手牵着手，踩着秋日的金色阳光，走出了民政局。两人在地上的阴影永远留给了大地……

七

郭宝兴的父母都是共产党员，他的父亲，在附近的一家纺织机械厂工作，母亲是一家大型纺织厂的挡车女工。这类职业，在当时，都是最好的。郭宝兴的父亲退休之后，郭宝兴就顶替进了这家大型国企。

郭宝兴的不容易，就在于他的良好的家教，他的良知和厚道。他从来不受社会思潮的左右，即使在"文化大革命"最热闹的时候，还是不带偏见地继续与"黑七类子女"的辛小迪的交往。

好心有好报，郭宝兴也有了一段圆满的婚姻。不过这次，不是他那个写情书给他的女朋友，而是他到了纺织机械厂后，看到了一个心仪的女子——曹念芬，又老实又漂亮。郭宝兴就写了一封情书给她，虽然话语并不长，倒是表达了对这个女子的无限眷恋。而曹念芬呢，也很快回了一封情书给他，确认了这份爱情。两人结婚之后，非常恩爱。

岂料，随着国家改革开放的不断向前迈进，郭宝兴夫妇所在的纺织机械厂解体，郭宝兴夫妇领到几十万元退职金后待业在家。

　　辛小迪大学毕业后，在一家大型地产公司——"暖阳地产"担任总经理，他在获悉了郭宝兴夫妇的情况后，征得郭宝兴的同意，将郭宝兴夫妇安排在"暖阳地产"一个超大楼盘的物业公司负责行政，收入颇丰，职业也稳定。

　　狄高瑶的壮年就惨淡了，其夫因精神疾病英年早逝，她自己也得了乳房癌，由于已到了晚期，很快就呜呼哀哉。大殓时，狄高瑶的亲友来得特别少，花圈只有三四个。殡仪馆的柯师傅说，他在这里干了四十年，这种情况，从未见过。

席梦思谶语

　　20 世纪 80 年代初东港市的夏天，天气热得要命，树叶都被晒蔫了，栖息其上的知了，鸣叫也变得有气无力。好多热得受不了的蚯蚓，爬出洞穴想透透气，不料都被烤熟在路面上，成了一条条黑色的瘢痕，有点惨不忍睹。

　　"啪啪！卖棒冰呹！光明牌奶油棒冰！……"小贩们背着沉重的木箱，满身湿透，在街头巷尾一面拍打着木箱，一面吆喝。

　　杨旋章叫住小贩，花了一毛六分钱，买了两支雪糕。他将其中一支递给了边上的妻子许艾菊。两人撕掉雪糕上的包装纸，开始吃了起来。尽管天气炎热，但他们的心更加热，因为，孩子快要四岁了，他们终于等来了属于自己的房子！今天这对夫妻将要去买一张心仪已久的床垫——席梦思，据说能够显著改善睡觉质量，也可以给夫妻生活增添乐趣。

　　杨旋章带着妻子许艾菊到几家家具店看后，最后买下了一款 888 元的幸福牌席梦思。这张四尺半的床垫比较适合单位里增配给他们的住房，大尺寸的床垫，那间十平方米的房间里肯定会放不下。席梦思床垫在当时还是一个很时髦的家具，价钱在 800 块到 2000 块之间，是月工资的 10 多倍。

　　杨旋章的这处住房是一个月前分配到的，当然是欢天喜地！那年，他刚满40 岁，年富力强，相貌堂堂，是东港市音像出版社节目库房里的一个管理员，也算是编辑，整天在不见天日、低温除湿的库房里工作，连夏天都要披着棉袄。

杨旋章夫妇已经有了一个孩子，四年来，一直龟缩在杨旋章父母违章搭建的二层阁上，面积仅十个平方米，楼层高度一米五，根本直不起腰。睡地铺，稍有动作，楼下听得清清楚楚，这令杨旋章夫妇俩十分尴尬。

杨旋章增配到手的房子在四楼，一共有两间，每一间十个平方米，坐落在解放街上。解放前，这条马路叫胭脂街，是个国内外知名的红灯区。以前这幢房子叫"情意楼"，是街中较为低档的妓院。为了商业利益的最大化，用来卖春的房间，面积大多分割得很小，只容得下一张四尺半的双人床，梳妆台和小方桌各一张，还有两把坐椅。对于杨旋章来说，能够分到两间房子，他已经非常满意了，另一间可以让给儿子住，总的住房面积翻了一倍，完全从压抑的二层阁中解放出来，不必再生活在父母的羽翼之下。但他的妻子许艾菊还是不太满意——住房面积不够理想也就罢了，竟住进解放前的烟花楼中，总让人觉得很不吉利，不是滋味。许艾菊虽然长得不漂亮，但是个正经人，她在东港香茗中学当化学老师，知书达理，最终没有把心里话掏出来，她怕失去这次分房的机会。

为了节约，除了那张席梦思是特意买的，杨旋章决定继续利用原先老家的旧家具，于是请了几个年轻的同事星期天来帮忙搬运。完事后，杨旋章请同事们到解放街上一家小饭店吃了一顿饭。

席间，同事老孟跟杨旋章开起了玩笑："老杨，有了席梦思，又不在父母的监控之下，现在你们干起那种事来，可以彻底放松了，但也要适可而止，当心自己不要被弹簧弹掉。"

"胡说什么？"杨旋章脸红了起来，"小李他们还未结婚呢，你别毒害青少年！"

"你以为他们都像你一样傻，连妓院的房子也敢要啊？"老孟调侃道。

大家一阵哄笑。

然后，"弹簧弹掉！弹簧弹掉！……"像山歌那样被大家重复了多遍。

杨旋章不傻，文化程度不高也是事实，仅仅是初中毕业。他靠工作积极，来弥补自己学历上的不足。他的工作是负责将节目的录像带进行建档、整理、归类之类。他一有空闲，就会去挖掘一些已经录制的节目资源，加以各种排列组合，尽量加以开发利用，然后压成碟片，做成像带出版发行。但售后，出版社收到的投诉颇多。原来，经杨旋章编辑的碟片或像带，里面的作品错字很多，甚至，有的节目还缺头少尾。这也导致杨旋章的职称老是停留在"初级编辑"的位置上。

出版社高层里，也有个别不能自律的领导，看到亲友、同事中不少人发了大财，就按捺不住攀比的心态，悄悄撺掇杨旋章为他们的私利去盗取库房里的节目，然后拿到外地的音像出版社违法出版牟利。这是经常在秘密进行的严重侵犯知识产权的违法事件，出版社的多数人都心照不宣。个别不能自律的领导为了防止违法行为败露，经常会对杨旋章恩威并施，让他绝对保密。

杨旋章虽然拿到了一点蝇头微利，但内心是恐惧的，力图摆脱这种寝食不安的局面。于是他多次找出版社领导反映，强烈要求加入娱乐节目录制部，以便能够发掘自己的潜能，争取业务上有所进步。正好有几个录制部的编导先后出国读书，出版社领导也看在杨旋章是老同志的面上，就同意了他的要求，让他到录制部做助理导演。

这下，正如俗话所说："小老鼠跌进米缸里。"杨旋章就有了许许多多的机会去接触和了解很多的演员。尤其是那些以前只能在电视里看到的年轻漂亮的女演员，她们都长得如花似玉，好似天仙下凡。对比一下自己那个不喜欢打扮的老婆，他渐渐产生了要另起炉灶的冲动。杨旋章的妻子许艾菊，年龄虽然与杨旋章相仿，但长得相当老气，加上不喜欢打扮，看上去要比杨旋章老十岁。

然而，那些芳华正茂的女演员显然对"杨老师"（她们都这样称呼杨旋章）没有兴趣。最后与杨旋章打得火热的，却是某个名演员的粉丝，也是个不喜欢读书，只有小学文化程度的女人，名叫麦连花。这是一个名演员走到哪里，她就跟到哪里，名演员叫她干什么，她就去干什么的女人。麦连花曾经有过一段婚姻，生过一个女孩，离婚后，由于得到一笔巨款，连女儿都可以放弃。她与杨旋章的相识，是在那个名演员录像后举办的夜宵聚会上，当时，她被安排坐在"杨老师"的身旁。酒过三巡，她便觉得自己放在圆桌低下的左手被"杨老师"轻轻捏了一下。她试图挣脱，反而被"杨老师"捏得更紧了。她干脆不动了，久已单身的麦连花，接受了这个比她大23岁，有名望、有地位的男人，而自己什么都不是。由于都是成年人，两人的感情发展速度是飞快的，都有相见恨晚的感觉。

许艾菊老师比较木讷，并未觉察杨旋章身上发生的种种变化。比如，杨旋章越来越喜欢穿时尚的衣服，身上开始使用男性香水等等。她并没有往坏处想，她的精力都放在儿子和自己的工作之上。

而杨旋章一下子跟麦连花非常热乎，多次在外面开房，越陷越深，已经让圈内人士都有明显的觉察。而麦连花也表示愿意嫁给杨旋章，前提是，杨旋章必须跟许艾菊离婚，否则，大家从此不再接触。

这个昏了头的杨旋章，竟完全听从麦连花的指挥，就开始在家里作了起来，以"没有共同语言"为借口，从衣食住行各个细节，全面地对许艾菊开展挑剔、责备，表示强烈的不满，吵着要跟她离婚。

许艾菊对于杨旋章的做法在错愕之余，只能耐着性子消极抵抗。她当然是不会同意杨旋章离婚的提议的。她是一个很传统的女性，嫁鸡随鸡、嫁狗随狗，对杨旋章从来没有过二心。

一个寒冷的早晨，许艾菊发烧，请了病假回家躺倒在床上。

杨旋章还是不依不饶，与她争吵良久。尽管儿子哭着苦苦哀求自己的父亲不要跟母亲争吵，更不要离婚。但杨旋章根本听不进去，在离家上班之前，竟然把一碗许艾菊抱病隔夜烧好，供全家人食用的红烧肉，一下子倾倒在许艾菊的病榻上！这件事情杨旋章做得绝对荒唐！彻底将许艾菊激怒。试想一下，这个红烧肉多少油腻？一旦倒在被子上，这条被子就只能报废了。杨旋章连这种事情都做得出来，使得许艾菊对他完全死了心了，认为杨旋章已经突破了做人的道德底线，与禽兽无异，她便下定决心与杨旋章离婚！

哀莫大于心死！此时此刻的许艾菊已经没有了泪水，也没有了悲伤，心如止水，面若冰霜。她微微冷笑了几声，起身穿好棉衣。然后抱着被子，走出家门，向弄堂里的垃圾房走去，她要扔掉这条被子，扔掉与杨旋章相遇、相爱、结婚、生子的所有记忆……

这当然符合了杨旋章想要达到的目的。他完全拒绝了兄弟姐妹和其他亲友的规劝，也没有一丝一毫的自责和反思，一路走到黑，率性到了极点。

几天之后，杨旋章和许艾菊约好了，一起到民政局办理了离婚手续。

一周后，杨旋章叫了出版社老孟和几个年轻人帮忙搬家。

那是冬日一个阳光明媚的上午，太阳非常强烈，弄堂里有好多老人一面晒太阳，一面聊着天，以至于杨旋章叫来的卡车无法开进去。

在杨旋章他们到来之前，许艾菊带着儿子去很远的一家老字号点心店喝早茶去了。她是教化学的，离家之前，用一瓶硫酸，把那张席梦思床垫的每一个有纽扣的地方浇了个遍。

于是，就有了以下的景象——

杨旋章带了老孟一帮小兄弟搬完了根据离婚协议书规定的那些家具，最后搬的就是那张千疮百孔的席梦思。

当他们搬着这张席梦思经过弄堂时，阳光普照，老孟问杨旋章："你这张席梦思怎么破成这样？"

杨旋章一脸懵懂："我也不知道。"

弄堂里一个正在晒太阳的老汉突然笑道："大伙看啊，这张席梦思像块苏打饼干！"

所有人便把目光聚焦在那张移动中的席梦思上，只见冬日金色的阳光穿透床垫的几十个洞口撒落一地，真的像一块硕大的苏打饼干。于是大家都被眼前这个从未见过的景象逗乐了，迸发出的笑声如潮水，惊起了几十只灰鸽拼命向高空逃窜。

"咕，咕⋯⋯"灰鸽们在高空惊叫。

有一羽白鸽胆子特别大，竟然停在移动中的席梦思上，它是否特别调皮？

杨旋章尴尬地跟着傻笑。

他后来的经历一如这张苏打饼干状的席梦思。

婚后的麦连花太喜欢搓麻将了，整天找"麻友"操弄此物，不上班，不务正业。杨旋章只能用不太高的收入养活她。

杨旋章自己也不争气，犹如那张苏打饼干状的席梦思——与年纪相差一代的年轻女子相处，体力渐渐显得不支，经常腰酸背痛，导致工作中屡屡出错，多次被罚款，生活相当拮据。退休后，他身体每况愈下，经常生病。麦连花对他不闻不问，还是沉湎于她的麻将世界⋯⋯

而许艾菊从此专心于工作，后来还当上了校长，多次被评为市劳模。她的儿子也非常争气，考上了名牌大学的好专业，前景一片光明⋯⋯

瓜 农

黄聚聚万万没有料到，自己做了好事，会落到这样尴尬的下场——她必须跟自己的弟弟还有养子，在 H 市电视台，一档叫《老爷叔》的谈话类节目里，"对簿公堂"！只不过，这里不是真正意义上的公堂，而是电视台演播室里开设的所谓"都市道德法庭"。可悲的是，在这档节目里"被审判"，竟然也是她自己一手促成的。

事前，电视台的一位老编导诚恳地提醒她："你要想想好啊，一旦上了电视，姐弟之间的手足之情，有可能从此一刀两断！看看有没有其他的解决矛盾的方法……"然而，她还是固执地认为，只有上电视，她才能讨得公道！她要让世人看看，忘恩负义的人的卑劣的嘴脸！

但，她毕竟是一个极要面子的人，她不想让世人都认识自己。所以，她在出门前，除了戴了一副墨镜，还戴了一顶平时自己在种瓜果时才戴的迷彩遮阳帽。她的丈夫老彭，只要一看到她戴这顶帽子，就要调侃她，说她像个"瓜农"。此次，老彭碍于面子，坚持不去演播现场，这使得黄聚聚尝到了孤军奋战的苦楚，她对自己的老公很失望，一路上颇感失落。

到了电视台演播厅，令黄聚聚多少有些意外的是，今天在"都市道德法庭"上，对面的这三个亲戚——胞弟黄祥东，弟媳妇姚珍，还有她的养子黄乐乐——他们的头上都没有戴上帽子、太阳镜之类的掩饰物！之前，她也关注过电视台的这档节目，凡涉及家庭重大隐私，大多数出镜者都会戴着墨镜、面具，或是帽子等遮掩物，因为中国人一般都会牢记"家丑不可外扬"这条古训。而弟弟他们一家子都显得非常淡定，且理直气壮，好像胜券在握似的。这种架势，使她更加厌恶和生气。"不要脸！"她在内心暗暗骂道。

他们坐上演播厅中央的沙发后，很快现场导演吴骏夸张地拍了拍手，吆喝道："好，各工种注意了，不要说话了！我们马上录节目了，请大家保持安静！无关的人员，请赶紧离开演播室。好了吗？……好，现在开始倒计时，五，四，三，二，一，开始！"

随着这一声呐喊，黄聚聚的心"咯噔"一下："一切都将无可挽回！"因为，她知道，尽管这是录像，但是，过了一段时间，大约两周之后吧，会在 H市电视台黄金时段播映。于是，她们这几个人便会成为满城市民饭后茶余的谈资，听任大众对他们指指点点。

《老爷叔》节目的主持人强禄，是个六十开外的老男人，据说原本是一家国营企业的工会主席，由于口才好和人缘好，退休不久，就被节目组请来做嘉宾主持——担任"道德法庭"的主"法官"。现在，强禄已经是 H市家喻户晓的电视明星了，三天两头有人邀请他去做节目，传说他的灰色收入颇丰。

今天，强禄跟以往一样，在节目中，头戴一顶黑色的"法官帽"，身着一件同样是黑色的"法官袍"，微笑而从容地发表了开场白："观众朋友们，《老爷叔》节目又和大家见面了。今晚，来到我们'都市道德法庭'，现场担任市民陪审团的人员，一共三十位。待会儿，他们将会对眼前发生的事的是非曲直，作出自己的判断。坐在我身旁的，是我们请来的双方当事人。他们的关系比较特别，是一对亲姐弟，还有他们的儿子和养子，其实是同一个人，他们都姓黄。还有一位，是男孩的养母，姓姚。这位姚女士，其实就是姐姐的弟媳妇、弟弟的妻子。他们是因为房产之争，才做客我们节目的。究竟怎么回事呢？我们还是请当事人来陈述。"

黄聚聚本来打算抢先诉说，可是，真的要面对摄像机说话，她立即觉得喉咙里干得冒烟，好像喉咙被人掐住似的，怎么也说不出话来。而她的弟弟，本来就是那种一棍子打不出一个闷屁的人，他也没有说什么话。

现场导演吴骏立即出面干预了，他不满地叫停了拍摄，拍了一下手，大声地训斥起当事人来："哎，怎么回事啊？不是你们自己要求来这儿评理的吗？现在开机了，让你们讲了，怎么都不说话了？开什么玩笑啊，你们？！"

黄聚聚和她的弟弟一家顿时像几个犯了错误的孩子，耷拉下了脑袋。

吴骏继续怒吼："请你们抓紧时间好不好？今天我们要录两场呢！……好了，导控室挂带子！好了吗？……好了，好！开始！黄女士，你先说吧——"

黄聚聚呷了一口矿泉水，清了清嗓子，终于怯生生地把话说了起来："我本来是不情愿上电视的，毕竟这是我们姐弟之间的私事。但是，现在没办法了。我在市中心的两套房子，二十年里全让住在乡下的弟弟、弟媳和他们的儿女给霸占了！现在，任凭我跟他们怎么交涉，他们就是占着我的房子不肯搬走！反而使我们老夫妻俩，一下子从市民变成了农民！老爷叔，你来评评理，面对他们这样蛮不讲理的做法，我该怎么办？……"黄聚聚拿出餐巾纸，去抹那股不由自主地流淌出来的泪水。一些市民陪审团的人士，纷纷来到黄聚聚身后坐下。

"老爷叔"清点了一下人数，立即跟进："刚才黄女士做完陈述以后，立即有十一个胸口贴有'顶'字的男女观众坐到了她的身后，表明了他们对黄女士的同情和声援。当然，根据节目的录制规则，接下来，我们必然要听听另一方的解释和表述——"

黄聚聚的弟弟刚想争辩，他的妻子姚珍马上拉了拉丈夫的袖口予以阻止，然后满脸堆笑地对她的大姑子——黄聚聚进行了讥讽："姐姐，你讲出来的话，让人听了感到好可怜啊！不了解实际情况的人们，一定会同情你，会觉得你是大慈大悲的唐僧，而你的弟弟、弟媳——也就是本人，以及你的养子、侄女，——也就是我们的儿子、女儿，都是忘恩负义、十恶不赦，霸占你房子的无赖和骗子！是不是啊？但是，我要告诉法官和陪审团的各位先生、女士，黄女士刚才的那番话，完全不是事实，句句都是谎言！"

"啊？——"观众席中，爆发出一阵错愕的声音。

姚珍继续不依不饶："姐姐，你没有凭着良心说话！你隐瞒了许多重要的情节和细节！任何事情都是有前因后果的，不讲前因，只讲结果，而且是歪曲了的结果，这样做，厚道吗？"

姚珍果然厉害！不愧曾经当过农村小学里的语文老师，讲起话来，很有逻辑性和煽动性。于是，现场观众的眼里，明显地飘过了一朵朵疑云。

姚珍继续乘胜追击："有一个细节，不知道大家注意到没有？我们的这位姐姐啊，戴着帽子、太阳镜，显然不希望被电视机前的熟人认出来。而我们，因为内心坦荡，所以，不需要做任何遮掩。大家想想看，如果姐姐没有做亏心事，真理又在她那边，那她为什么要遮遮掩掩、怕被人认出来呢？……我想，这其中的奥秘，相信大家都懂的！"

说话很时髦，很有感染力，这不，陪审团里顿时出现七嘴八舌的议论："是啊，是啊，明摆着的，心中有鬼嘛——"随即，就有九个胸口贴有"顶"字的男女市民坐到了姚珍他们的身后。

姚珍乘胜追击："谁霸占着你的房子啦？当初你们老娘，是你把她请到市区你那间房子里来住的！但是，你又不肯承担作为女儿应尽的义务和孝道，所以把我们请到老娘身边来照料她。我们的身份，其实就是佣人、保姆、娘姨！"姚珍从容地喝了口水，继续陈述，"而且一当就是二十年！我们伺候你老娘无怨无悔，可你，作为女儿，在这个漫长的二十年中，为老娘做过些什么呢？什么也没有做！你给过我们一分钱报酬吗？也没有！我们为你节约了好几十万元赡养费和原先要支付给佣人的工钱！现在，老娘刚过世，尸骨未寒，你就想把我们赶出门，相煎何太急？于心何忍？天理何在？！……"

一连串的重拳，使得场子里又"轰"地一声议论起来，同情的天平开始明显地偏向姚珍这一方。以至于原来坐在黄聚聚后面的五个"粉丝"，纷纷起身，先后坐到了姚珍的身后。

老爷叔强禄毕竟久经沙场，他和另外十个观众不为所动。老爷叔平静地问："赡养老人二十年，确实不易！不过，对不起，我要问明白，这间房子的房产证上，业主，写的是谁的名字？面积是多少？在什么地方？这样有利于我们判断事情的是非曲直。"

场面终于有了稳定的迹象，黄聚聚立即回答："房子地处闹市中心百货大楼附近，十八层的电梯工房。这是"文革"后期，建造得比较好的电梯工房。他们住在十四楼，我和我老公——老彭，原先住在十五楼。面积都是八十平方米。两处房子的业主，本来都是我和丈夫。前年呢，十四楼的房产证，房主是我们老夫妻俩，后来扛不住他们的反复施压，添加上了养子和侄女的名字！十五楼的房主，原来也是我们的，但是他们施展了多种伎俩，我们也年纪大了，有时被他们耍弄得晕晕乎乎，最后，房产证上改为养子和他媳妇严某某的名字。现在两张房产证上，我们都被莫名其妙地除了名！"

场子里又是一阵骚动，黄聚聚吐露了事情的真相后，心情稍稍舒坦了一些。这番话还是有效果的，有四个胸口贴有"顶"字的男女观众，似乎如梦初醒，又从姚珍那儿坐回到了黄聚聚的身后。这样，黄聚聚和姚珍的背后各有十个支持者，可谓势均力敌。

"好，相信随着我们进一步厘清事实的真相，观众陪审团的队伍还会发生嬗变！"强禄平静地说。这就是老爷叔的本事！通过他短短的几句发问，当事人的激烈争执和解释，很快就让所有参与者接触到了争议的核心和实质，旁观者也逐步看清了事情的大致真相。

原来，黄聚聚在十五楼的房子是她二十年前，当街道办事处副主任时，通过一些朋友的帮忙，才搞到的。不久，老彭也从部队转业，分配在 H 市自来水公司当部门领导。老彭通过允诺给某些房产开发商尽快解决配套供水工程，并通过民政局安置办的几个老战友的帮助，夫妇俩又搞到了一套同幢大楼，十四楼的同样面积和同样部位的房子。

不久，黄聚聚又通过人脉，去了出版社当科长。当时，装修楼上楼下这两套房子，花去了他们俩十万元左右的血汗钱。上世纪90年代，花十万元装修房子，已相当阔绰。黄聚聚住楼上，老彭住在楼下。开始，大家住在空荡荡的房间里，都有一种当皇帝的感觉。但是，时间一长，内心就有了孤寂和失落感。他俩都觉得，夫妻关系有可能冷漠，生活中也开始产生了诸多的不便。比如，出门去买张报纸、水果什么的，常常忘记钥匙丢在哪里了，都要楼上楼下地去寻找，夫妻之间往往要靠打电话来联系："哎，你人在哪里啊？"更为严重的是：黄聚聚因为跟老彭没有孩子，有时候，一个人住在一套八十平方米的房子里，心理上会产生莫名其妙的恐惧和焦虑，以至于常常会落入"今夜无眠"的境地。所以，在黄聚聚把问题挑明以后，老彭立即表示赞同，迅速地卷起铺盖搬到楼上与老婆又"同居"了。与此同时，他俩都更深切地体悟到了身旁没有子女，将来如何养老的问题。而在刚刚结婚的十几年里，他们更多的是陶醉于无牵无挂，充满浪漫、激情的两人世界。

十四楼的房子腾出来之后，黄聚聚就提出让自己丧偶独居的六十多岁的老母亲，从庆浦的乡下搬到十四楼的空房子里去住。那时，居住困难的市民，还很少有出租房子的现象。自然，老彭当时也不是很乐意，他说："你妈妈要照顾，我在陕西的妈妈和爸爸也是六十多岁的老人了，我也想把他们接来住。"结果，两个人一番争执和随之而来的冷战，还是老彭投降、妥协了，谁让他是男人呢！于是，他们俩就把黄聚聚的母亲，从庆浦乡下接到这幢大楼十四楼的房间里来住。他们那天去接母亲的时候，叫来了一辆搬运公司的车子。快到目的地的时候，已远远看见妈妈还在宅基地里采摘着瓜果。

黄聚聚的母亲其实是不愿意离开庆浦老家的，但是，看见女儿女婿的一片孝心，她也就同意了。但是在搬家之前，她要把她辛辛苦苦种的丝瓜、黄瓜、南瓜、青菜等都采摘完。尽管她的儿子、儿媳（也就是黄祥东夫妇）就住在附近，但是，他们都在上班，是没空来管她种植的这些瓜果的。老人家舍不得暴殄天物，所以就把这些东西全部摘下来，带到城里去供家里人享用。

老彭悄悄地对黄聚聚嘀咕："哎呀，你妈也真是的！这些瓜果值多少钱呀？花点小钱，一买一大堆！唉，她也够节约的！"

黄聚聚反驳："你这是看不起我妈妈！你嫌她贫穷是不是？她老人家喜欢节约，难道是坏事吗？"

"不是坏事，不是坏事，那就让她把这些宝贵的有机农产品，全部带到市区里来吧。"老彭谄媚地说道。

黄聚聚的妈妈在市区里住了几个月以后，就觉得不习惯了，感到十分孤独和乏味。因为，和楼上的女儿、女婿其实很少有接触。本来，想给他们做饭，操持一下家务，可是他们俩都很忙，基本上都不能准时下班回家。黄聚聚经常受邀去酒家饭店，在筵席上接活；而老彭在自来水公司掌有一定的权力，于是，没完没了地接受高档宴请便成了常态。总之，他俩基本不回家吃晚饭，灶台上一直是干干净净的。除了洗澡，他们家的煤气基本不用。夫妻俩每天晚上差不多都是在九十点钟才在家里重聚首，然后互相都要猜一下对方喝了多少酒，喝的是哪种酒。唯一的差别就是，黄聚聚总爱盘问丈夫，刚才的酒席上，来了几个娘们？她或她们都是在哪里供职？反过来，老彭是从来不会向黄聚聚做此类调查的。

当下，晚上是否在家用餐，这也是国人中，评判一个人是否"上等人"的重要坐标。可这就苦了黄妈妈咯！她只能一个人独自开伙仓，闷闷不乐地独自下咽自己做的简单的饭菜。这样，几乎天天都要吃剩菜。时间一久，她就觉得食之无味，十分的冷寂和郁闷。她逢人便说："年纪一大，活着啊，真没意思！"终于，妈妈就向女儿女婿提出，要么让她返回庆浦；要么就把儿子祥东和儿媳姚珍接过来一起住。

不用说，对于前者，老彭和聚聚坚决反对，因为让外人知道了，还以为他们虐待母亲，使其被迫返乡呢！

黄妈妈见女儿女婿不同意她回老家，就对女儿说："我也是没办法！你们也看到了，我年纪大了，腿脚都不方便；你们又都在上班，就让你弟弟、弟媳也住过来照顾我。反正他们的户口不进这儿，房子的主人还是你们。两室一厅，他们绝对住得下的！"

黄聚聚觉得母亲的话也有道理，就去跟老彭商量，想让弟弟和弟媳住进来照顾老母。老彭听后，内心不太愿意，便提了一个反要求："你弟弟不是有一对儿女吗？假使祥东能把自己的儿子过继给我们，我就没什么意见了！"这话虽然将了黄祥东一军，但也正合黄聚聚的心意。于是，她就通过老母向弟弟传话：自己被医生诊断下来不会生育，请弟弟把儿子过继给她作为养子。因为毕竟，弟弟除了有儿子黄乐乐之外，还有一个女儿黄晨晨。"只要黄乐乐愿意做我们的养子，将来我们会把所有财产都馈赠给他，我们的养老送终都由乐乐负责。为了表明我们的诚意，我们准备将黄乐乐的名字写入十四楼的房产证。"

黄祥东夫妻俩经过反复商量，觉得让儿子在市中心能有一处房产非常不错，将来他要娶亲，也拥有了硬条件。但真的要将自己的亲生儿子过继给姐姐、姐夫，他们的内心并不十分情愿，但碍于情面，终于答应了黄聚聚夫妇的诉求。黄祥东对姐姐说："行啊，可以让乐乐做你们的养子。反正都是我们黄家的血脉，你们夫妻直到现在，已经四十多岁了，还没有生育过，将来养老确实是个问题。尽管有养老院什么的，但这里面看护、干活的，毕竟都是外人。让没有血缘关系的人来照顾你们，总让人不放心。再说，你们本来就很喜欢乐乐，那就把乐乐过继给你们吧！"黄聚聚感动地回答："放心，我一定会将乐乐视为己出！"

很快，就举行了正式的过继仪式，邀请了许多亲戚朋友到一家著名的大酒店饱餐一顿，当然是皆大欢喜。这样呢，住在庆浦乡下的这一家人，除了女儿黄晨晨托给亲戚，留着看老宅外，其余都住到市中心来了。

黄祥东更多地愿意相信：最终，血缘将高于一切！姚珍是满心欢喜，这样儿子的婚房彻底解决！不久，黄祥东夫妇又向姐姐姐夫提出了进一步的要求：为了便于他们夫妻俩在市区能寻找到工作，以支撑脆弱的家庭经济，希望允许他们俩的户口，也能迁至市中心十四楼的那间两房一厅里。

黄聚聚夫妇呢，由于得到了梦寐以求的儿子，也就在稍稍纠结了几下之后，慷慨地同意了弟弟、弟媳的这些要求。真是各取所需，皆大欢喜！这样一来，黄祥东和姚珍就顺顺当当地入住了黄聚聚的十四楼的那套房子。黄祥东夫妻俩在陪伴、伺候老母的同时，也充分感受到了大都市给他们带来的各种便利和幸福。比如，以前他们根本不知道"必胜客披萨饼"、印度飞饼、巴西烤肉、意大利空心面……为何物，现在，花了不菲的钱，都品尝到了。

姚珍窃喜道："城里人过的真是神仙一样的日子，早知道这样，当初就不嫁给你了！"

黄祥东不悦了："女人啊，都是水性杨花！但是你要记住：这样的好口福，还不是我带给你的？没良心的东西！"

"呦，呦，跟你开个玩笑，你何必当真呢？"姚珍依偎在老公怀里，喃喃地说，黄祥东便也释然了。

当然，夫妻俩也领教了搬到市中心后，家庭开支大增、空气浑浊、环境嘈杂、常遇各种骗局等种种都市人的烦恼。好多舶来品看上去美得让人心动，但仔细一看价格，贵得令人咋舌、令人气馁、令人沮丧！

"都市居，大不易啊！"黄祥东夫妇经常这样感叹。

而老彭和黄聚聚也为多了一个十岁的养子而欢天喜地，不仅将黄乐乐的名字写入十四楼的房产证，还把他安排进了附近的名牌小学就读。

黄聚聚的家庭关系也起了相应的变化。家人之间，有些称呼都做了相应的改变。比如，黄乐乐本来见到黄聚聚叫"姑妈"，见老彭叫"姑父"；现在改口为"妈妈"和"爸爸"。另外，开始将黄祥东称为"舅舅"，叫姚珍为"舅妈"。黄聚聚夫妇很高兴地把十五楼的另一间房间腾出来让"儿子"住。为此，黄祥东夫妇内心感到挺不是滋味，颇感失落。尤其是姚珍，为此难过得几度落泪，并常常要数落、捶打自己的老公。尽管，黄乐乐几乎天天下楼去看望他们。

然而，黄祥东万万没有想到，自己无意中竟抱得个大金娃娃！当时，大家哪里会料到，二十年后 H 市的房价会涨得这么快，变得这么贵！黄聚聚等于把自己几百万元的家产拱手让给了弟弟享用。而且，弟弟一家免费住在市中心的十四楼，一住，就是二十年！

老爷叔听到这里就说："从上面的叙述中，我们觉得，黄女士和她的弟弟其实都很孝顺啊，你们的家庭应该说，还是比较和谐的。黄先生，照理，你作为弟弟，应该感谢你姐姐才对啊，毕竟，她不仅把市中心的房子让你们进了户口，还让你们三个人的名字写进了十四楼的房产证！可是后来，怎么会闹到姐弟阋于墙、母子翻脸，以至于要到我们这个'都市道德法庭'，来解决你们的家庭纠纷的地步呢？"

黄祥东叹了一口气，垂下了脑袋；姚珍则扭过脸去，一脸的委屈；黄乐乐以不屑的神情，瞄着老爷叔的调解。

黄聚聚觉得老爷叔似乎站在自己这边，于是底气有了增加，她继续诉说："矛盾呢，其实也是很晚才产生的。在弟弟和弟媳住进我的房子，伺候母亲五年以后，他们又把留在乡下的女儿也接过来住。并且，不但要进户口，还要在房产证上写上我侄女的名字！他们当时的理由是，女儿要进我家附近的一所重点小学读书。认为这样做，对他们女儿未来的前途是必需的举措。因为，他们嫌农村的教育差。"

"于是，他们又要求将自己女儿的户口做到我的产权房里。显然，这种要求有点得寸进尺。所以，他们自己不好意思说，又派了老娘来找我和老彭商量此事。"黄聚聚又喝了一口水，清了清嗓子，"我真是傻啊！当时，我觉得侄女为读书进我的户口，也在情理之中，就答应了他们。至于，他们想在房产证上加上侄女的名字，被我一口回绝，我们认为，这个要求太过分了！叫作：得陇望蜀。为此，弟弟、弟媳耿耿于怀，开始，见了我们表情怪怪的。到了后来，这对夫妻见了我们，就像遇到陌生人，常常不理不睬！这种尴尬状况一共延续了十年！"

姚珍立即反驳："是老彭首先不理睬我们的！自从女儿接来住之后，老彭再也不到十四楼来探门。有时在电梯里遇到，女儿叫他'姑父'，他眼睛朝天，理都不理。不理我们也就罢了，但老母亲总不可以不来看望吧！唉——恰恰，他们居然这样做了！所以，我们得出了结论：姐姐、姐夫的孝顺，其实是虚伪的！"

黄聚聚吼道："你们才虚伪呢！……"

"不要吵，不要吵！"老爷叔强禄马上阻止他们，"有话好好说嘛！"

黄聚聚铁青着脸说："我虚伪在什么地方？我给你们房子住，我不仅让你们一家三口，全进了我的户口，最后，我还让养子黄乐乐夫妻的名字写进了我们十五楼的房产证，我虚伪在哪里？"她一急，居然把自己养子的名字也说出来了。之前，她想好，不想让家丑外扬的。

强禄像拳击运动中的裁判，显得非常冷静和老练："哎，哎，告诉我们，这又是怎么回事啊？"

原来，在一年之前，儿子黄乐乐向养母提出，现在有女朋友了，准备结婚了，希望养父母能帮助解决婚房问题。其实，在他提出这个问题的时候，黄聚聚和老彭早已经悄悄地商量过多次，因为，他们知道，养子要结婚，一定会向他俩要房子，这是早晚都会发生的事。黄聚聚讲，把婚房安排在十五楼，我们会住得挤了许多。由于两代人生活习惯上的差异，难免会产生一些不便。听着听着，老彭的脸早就变得铁青了，他厉声说道："你啊，让我想起一句家喻户晓的老歌词，'只见国土在一天天沦丧'！不能再这样下去了，你就让乐乐把婚房安排在十四楼吧，反正他们本来就是一家子！"

"十四楼哪里住得下三代人！"黄聚聚尽管有些心虚，但还是在维护娘家的利益，"既然，我们认了乐乐为儿子，十五楼的房子就让他们小两口住进来吧。"

尽管老两口争执了好长时间，但到最后，举白旗的，自然又是老彭！

但是，他们过于天真了——黄乐乐的准新娘严绣丽，向黄乐乐提出："如果我的名字不写进十五楼的房产证里，等于结婚后没有保障，那么我只能跟你黄乐乐说声：拜拜！"

听了黄乐乐的转述，黄聚聚愣了半天！她和老彭都觉得，十五楼的房产证改成养子一个人的名字，倒还可以接受，如果把未来媳妇的名字也写进去，他俩是非常的不乐意！

为此，黄聚聚夫妇认认真真、推心置腹地找养子黄乐乐谈了一次。黄乐乐十分坦诚地说："听说物业税早晚要出台，爸爸妈妈若拥有两处房产，第二套房就要缴纳高昂的物业税！所以，在十四楼的房产证上已经有爸爸妈妈的名字就可以了，在十五楼的房产证上，我觉得二老的名字就不必再有了，将来你们的退休金都用来交税了，你们吃得消吗？至于父母不让严绣丽一个人的名字写入十五楼，也是对的。反正，还有我的名字在其中呢！"黄乐乐还表示，"我的名字应从十四楼的产证里退出。"

老夫妻俩听后竟然十分感动，觉得养子的心并不贪婪，讲话通情达理。于是，内心已暗暗同意。马上，黄聚聚的老母亲也来帮腔。出乎意料，那些天，已经爱理不理的弟弟、弟媳居然也一反常态，开始经常主动、亲热地上楼来套近乎，话语中的意思，无非是："姐姐、姐夫，房产早晚都是子女的，这些都是生不带来，死不带去的东西。十五楼的房子嘛，就让乐乐媳妇的名字写进去算了，总不能拆散他们小两口咯！……"经不起他们的死搅蛮缠，黄聚聚夫妇终于同意了他们的诉求。这样，黄聚聚夫妇在城市中的最后一个独立的据点，莫名其妙地被自己的养子夫妇占有了！

在黄聚聚夫妇的操办下，黄乐乐的婚礼还是办得既体面又新潮。五星级宾馆，二十多桌的排场，高朋满座，热闹非凡。新郎新娘当着所有来宾的面，宣誓：婚后，一定会孝敬父母！

黄聚聚家刚迎进媳妇那阵，家庭关系还算比较和谐。但几个月后，双方都明显感觉到有诸多不便和不快。比如，家庭的诸如水电煤等各项支出，小两口是否要承担？承担多少才算合理？还有，就是家务劳动，小两口也是应该承担的，但承担哪些呢？做早餐，还是晚餐？是采购，还是加工、烹调、洗碗？……还有，家庭环境的打扫和洗衣等家务，如何分工？……

黄聚聚终于在小两口不在的时候，对老彭说了实话："唉，咱们的媳妇又懒、又馋，还不大懂礼貌！现在见了我们，爱理不理的，好像我们前世欠她什么债似的！由于他俩都不是我生的，我都不敢批评他们！再这样憋下去，我快得精神病了！"

老彭说："我也深有同感！越来越觉得，咱俩像引进了一个女皇，我们两一下子沦为奴仆！"

老爷叔评判道："两代人住在一起，特别是迎娶来了媳妇，如果不加注意，确实会产生一些家庭矛盾，这是每个家庭都会碰到的问题。但，这些毕竟都属于冷战的范畴。告诉我，究竟什么是你们家庭矛盾的爆发口？"

姚珍率先挑明："其实很简单，姐姐姐夫悄悄地在庆浦买下了别墅，而且基本上以住在庆浦别墅为主，偶尔才回到市区的十五楼住住。他俩不带我们去看看别墅也就罢了，他们居然连老娘都要瞒着，这只能用四个字来概括：为富不仁！"

黄聚聚说："呸！放你的狗屁！把这么贵、这么好的房子让你们住，还说我们为富不仁，真正岂有此理！"

老爷叔批评道："不能粗口骂人！我们是电视台，公共媒体，现在正在录像，以后要播出的，所以，说话必须文明！"

姚珍冷静地说："我是不会用脏话回敬她的！"停顿了一下，她继续说，"我相信，在场的所有人，我不说，大家都会明白，他们俩没有子女，又都是拿工资的国有事业单位人员，他们怎么会有这么多的房产？……"

强禄似乎发现了导向的问题，立即打断："我想，现在大家最想知道的是，黄女士买下别墅后的故事。"

于是，在这可怕肃静的演播厅里，黄聚聚回忆起当初在庆浦买下那二百五十多平方米别墅的情景。当时她和老彭通过买股票认购证，一下子赚了大概二百万元的钱。那时的别墅还是很便宜的，像这样一栋二百五十多平方米的别墅，他们仅仅花了七八十万元就把它买了下来，又花了四十多万元进行精装修。别墅内，客厅、卧房都装饰得富丽堂皇，书房、厨卫间、麻将房、放映室、咖啡厅、更衣室和保姆室一应俱全，还设置了专门存放古董、字画的陈列室。别墅顶楼，甚至还辟有一间房间，专门用来作为台球房，里面放置着一张进口的斯诺克球桌，边上配置了记分牌和小酒吧。他们还花费近百万元，特地买了一辆宝马越野车，从别墅里开进开出，非常气派。整栋别墅就两个人住，生活显得滋润与阔绰。有海归的朋友参观后评价道：看上去，一点不输给欧美的中产阶级！

这幢别墅，其实离她母亲家并不远，只有一两公里路程。但是他们并没有把这一消息及时告诉母亲、弟弟、弟媳和乐乐一家，主要是怕他们听了不舒服，会招来嫉妒。所以，他们每次去度假都悄悄地过去，也不住久。他们根本不想把母亲接到别墅里去住，怕重蹈覆辙——弟弟一家人又会搬进别墅一起来享受。这个局面，是黄聚聚和老彭都不愿意看到的。所以，他们当时就把买别墅的这件事给隐瞒掉了。只是后来发现，他们买下的房子，由于不长住，结果几次被小蚕贼撬开门，寄居过。而且，还把别墅里摆放的家用电器、藏品和衣物席卷一空。这样，他们才决定正式入住别墅。

　　终于，有一天，老彭和黄聚聚把在庆浦乡下买别墅的事情告诉了养子夫妇，并邀请他们去别墅玩了一次，美餐了一顿。此后，老夫妻俩便以缄默和借口，婉拒小两口再去别墅居住。

　　斗转星移，黄家老母亲由于生病，年前就过世了。岳母过世了以后，老彭心里面就更加不舒服了。因为，以前岳母在的时候，弟弟一家在十四楼住着，是有道理的，他们承揽了赡养老人的责任。现在老母亲不在了，他们应该回农村老家去居住了。这一点，老彭不好意思向内弟黄祥东提出来，他让老婆去说。黄聚聚呢，面对自己的亲弟弟，也不好意思提这事儿。但是，随着与弟弟的一家人的来往越来越少，老彭夫妇的心里面，就越来越纠结。

　　于是，他们就只能到别墅里去消解了。一开始，老夫妻俩还能接受，因为毕竟，乡下的地方大，空气好。而住在市中心，烦恼也不少，比如，环境嘈杂，空气浑浊，还要去看姚珍他们的白眼。他俩住在乡下，乐悠悠的，非常清闲。儿子和媳妇，只礼节性地来过一两次，待了一会儿就知趣地迅速撤离。但是，随着老彭夫妇的年龄一年一年地增长，身体和心理方面的问题也纷沓而至。加之，市中心的房价翻了十几倍，黄聚聚和老公的内心变得越来越不高兴！他们多次和黄祥东和养子交涉，意思是市区的两套房子，赠给他们一套可以，十四楼的那套，他们想收回。否则，他们在市中心已经一无所有了！

　　在事实真相大致清楚的这个时候，照理，大多数旁听的市民应该坐到吃亏者——黄聚聚的身后，但是，现在的情况，恰恰相反，黄祥东他们身后坐满了人。而黄聚聚身后，只剩下四个。"公理何在？！同情心和良知何在？现在，我终于懂了，什么叫仇富心理！"黄聚聚在内心吼叫道。

　　老爷叔问黄乐乐："节目进行到了这个阶段，我们想听听，你作为养子，对这件事情的看法。"

　　"这件事情呢，显然是我的养母不对。"黄乐乐平静地回答。

　　黄聚聚心里很恼火："你说说看，我不对在什么地方？我把几百万元的房子给你们住了，又花了几十万元,把你们的婚事也操办了。到头来，还是我的不对？！"

乐乐不为所动："其实，你所做的一切，都是在逃避责任，并非出于真心和自愿，我是这样认为的！"

黄聚聚听了以后，气得几乎晕厥："……既然你说出这样无情无义的话，我宣布，与你断绝母子关系！你们必须或者至少要退出一套房子来！否则，我们法庭上见！"说毕，欲拂袖而去。无论老爷叔和栏目的工作人员怎么劝，都没有拦住她。

老爷叔强禄捂着自己的嘴巴，沉吟片刻，然后以沉重的口吻，对黄祥东一家和现场的观众陪审团说："其实，我也不是真正意义上的法官，我谈谈个人的看法，请导播把机器设备关掉。"见摄像关了机，坐了下来，强禄继续说下去，"我个人认为，黄祥东一家的做法是违法的，过分的。你们太有心计，亵渎了你姐姐、姐夫对你们的一片亲情！你们的各种付出，不值市中心两套房产那么多的钱！"

"啊？"所有人都发出不同意味的惊叹。姚珍欲站起身抗议，被丈夫硬是拽拉下身子。

"那么，为什么有那么多的陪审团成员坐到黄先生背后去呢？那是因为，首先，黄女士的那两套房产的取得，与当时他们多少有点权力有关。而现在大家的内心，或多或少都有一些仇官、仇富的心理！这是当下百姓的基本心态，是不是？以至于明明黄女士是吃亏方，财产被侵害的一方，却在这里得不到支持，还明显处于下风。"

"老爷叔，请你秉持公正！"姚珍跳了起来，又被黄祥东按下。

"让我把话讲完，我们再辩论，好不好？！所以，黄先生一家，正是这种社会思潮的受益者。现在，你们一家是得了便宜还卖乖！但是，我要提请你们注意，房屋有价，情谊无价，怎么取舍，只有你们自己去拿主意！并不是，有了财富，就一定快乐、幸福！"

回家的路上，黄聚聚脚高脚低，感觉自己如同踩在棉花上。她一直在自言自语："别墅，把家庭成员分成了两个对立的阶级！"

黄聚聚回到自己的家里面，还没等她把电视台的遭遇讲完，老彭就开始了埋怨。黄聚聚根本不想听，便气呼呼地径直来到花园里，去摘翠绿的丝瓜。她准备做晚饭时，烧蛋汤用。

摘完丝瓜，黄聚聚又用塑料勺，给南瓜施了点农家肥，正好给邻居徐大妈看到，只见她捂着鼻子，皱着眉头嘲笑道："黄大姐啊，您这别墅都快成农舍了！好歹也有几千万元的身家，您怎么成瓜农了呢？邻居们都不好意思说，让我来传达——您一沤肥吧，把这儿一大片区域搞得臭烘烘的，人家只好关紧窗户，像话吗？"

黄聚聚回答："知道了。"立即提着篮子，逃回屋内。

老彭余气未消，见老婆进门，继续数落："你看看，咱们市中心的那两套房子，加起来一共一百六十多平方米，按现在的市价每平方米四五万块来计算，至少也要值六七百万元的钱！莫名其妙给了你弟弟他们，非但没有讨得感恩，还导致亲戚变成了冤家，你看看，值得吗？愚蠢不愚蠢啊？唉——"

黄聚聚内心的火，也不打一处来："当初，这些决定，你也是同意的，现在倒来怪我！还不是你自己想出来，要认养一个儿子的，如果没有这个打算的话，我怎么会把房子莫名其妙地全都给他们住呢？"

老彭就说："都是你自私呀，你总是想到你娘家的人，你什么时候想到婆家的人呢？好了，这就是报应！……现在好好的别墅院子里面，你也开始种一些丝瓜、黄瓜、南瓜的，我看你们家都是瓜农的命，你啊，是一个彻头彻尾的大傻瓜！"

黄聚聚反驳道："你才是傻瓜呢！"

两个人一阵哭闹，但是最后不得不接受一个现实，他们俩都成了"瓜农"。

君黛与氓

单身女——君黛，之前在一家小饭店做经理。说是经理，其实，也是替老板打工的高级蓝领。因为，每个月只不过挣四千块钱。辛苦的程度，远超月嫂、奶妈，但所得，不到她们的一半。

三年前清明节后的一个下午，因饭店长期亏损，君黛辞去了经理一职，准备在家休养几天后，再做计较。她卧在躺椅上，阅读起以前自修过的《古文欣赏》。她被其中的《诗经·卫风》中的那篇《氓》吸引住了。

她一边吟诵："氓之蚩蚩，抱布贸丝。匪来贸丝，来即我谋……"一边查着注释和解说。正在这个时候，她接到了以前的邻居老赵的电话，让她傍晚到闹市区一家小小的私家菜精作坊，去认识一个单身男。她欣然答应，去了。在那里，她结识了已从一家出版社退休的编辑部副主任——冬熙。

当时，君黛才48岁，身高一米六二，身材不错，容貌姣好。脸上总是带着微笑，文静而端庄。而冬熙呢，五短身材，身高不会超过一米六四，笑嘻嘻的，老是不停地眨着小眼睛。刚刚丧妻的他，似乎挺高兴的，眉宇间，一点没有悲悲切切的影子。五年前，他的太太，因为管不住他的"花花肠子"，一直患有较严重的抑郁症，原有的妇科病也因此而加重。而冬熙，尽管有几个"地下"的女友，但毕竟，还是要放点时间和心思在医院，否则，丈母娘家的责难和谩骂就会升温。这多少使得冬熙有些阴阳失调，导致了他脸上气血明显不匀，红一块、白一块的。现在，老婆才走了几个月，他就性急起来，托了好多人为他介绍女友。此次一见到君黛，他就心花怒放。无论怎么掩饰，那笑眯眯的脸上，分明写着"满意"二字。

穿着小号世界名牌休闲服的冬熙眨着眼："我呢，是好几个企业的董事长！"他得意地呷了一口茶，"生意难做啊！"他突然问君黛，"你知道，现在最赚钱的生意是什么吗？"

"不知道。"她如实道来。

"想不想知道？"

"想。"

他环顾四周，神秘兮兮地说："买卖古董！那可是一本万利的行当啊！"

"哦——"她在想，这事与我有什么关系？

"你跟着我做，保你发财！"

"……"她没有作答。

接着，冬熙就有点吞吞吐吐了："我年龄比你大十多岁，身体也不太好，可能不会让你满意的。"

显然，这种话属于私生活方面的"火力侦察"！君黛这种年纪的人，什么事不懂？她大致就猜出了他所说的"身体不好"指的是什么。她并没有上过大学，但悟性还可以，性格又比较热情奔放。于是，她坦然快速地回应道："我的年龄也不小了。其实，到这把年龄，其他都无所谓了。大家在一起过过日子，互相照顾，才是更重要的！"这种通情达理的话语，充分表明了她内心的善良和待人的坦荡。

冬熙满意地频频点点头，连连称是。"你女儿跟你住在一起？"他问。

"是的。"她盯住他的眼睛。

冬熙："喔。"思考了一下，他眨巴着眼睛说："我会尽快联系你！"

君黛在揣测他的话语的真意。为什么要打听女儿的住处？说明他在暗示：

如果他来她家看望，会有所不便。那么，他说的"尽快"，又是什么意思呢？他急于想做的事，会是什么呢？

几天之后，她还在研究那篇《诗经·氓》的后几句："乘彼垝垣，以望复关。不见复关，泣涕涟涟。"她觉得，诗中的女主人公也太多情了，像我就不会如此！这时，冬熙打来电话，那声音显然有点急促和颤抖，又分明是不容置疑的："去你家附近的豪绅酒店开个房间吧，我两小时后就到！我们进一步深入聊聊。"

"深入聊聊"？什么意思？随即，君黛就像大多数敏感的女性一样，胸内就像有几头小鹿在冲撞围栏。毕竟，她是个过来之人，所以，她很快就猜出了冬熙的真实意图：他想要尽快占有自己的身体！"这么急啊！"君黛红着脸自语道。一下子，她的心觉得很乱，当然，内心深处多少也有些激动和期待——实事求是地讲，她六年多没有夫妻生活了。

"但是，这个人是不是值得信赖？他的经济状况如何？值不值得把自己的下半生委身于他？"这些问题也一直在她的心头萦绕，使她的心情经常处在纠结之中。

还是古诗中的那个女主人公实际，那个"氓"一来追求，她就直截了当地提出了经济要求——"匪我愆期，子无良媒。"良媒，就是会办事，精明的媒婆，良媒能起什么作用？当然是为女方争取经济利益和安全保障！而我，既无这样的良媒，自己又开不了这个口！"这么轻易就上钩啊？"她自己都在劝阻自己"不要骨头轻"！

二十多年来，她接触过两个男人，但时间都比较短。而且，发展到后来都不欢而散。她经常扪心自问："我到底做错在哪里？我为什么不能坚持呢？"每次都百思不得其解。究其原因，她觉得，还是不能大胆地剖开自己的心！她打算，过了这段时间，自己得仔细想想、好好盘算盘算自己的未来。

年近半百的人生经验，还是促使她做好了"功课"前去赴约的。她是一个讲究"腔调"，比较替男人着想的女人。从平时的着衣打扮可以看出，她并不落伍。但，她生活的另一侧面问题颇多，因为有好几年不过夫妻生活，一些夫妻间的前戏用品，已逐步被她冷笑着送掉或扔掉。她找了好久，才找出了一盒"有用的东西"，那是小姐妹杰妮不久前送给她的——黑色蕾丝做的超小型丁字裤。布料的总体面积，不会超过 30 平方厘米。生产商故意把它设计成"衣不遮体"的"服饰"。她认真地洗了把澡，使用的都是从欧美进口的高档的洗头膏和沐浴露。她把身子擦洗得干干净净。洗好浴，穿好衣，她闻到了自己身上正在散发着的淡淡香气，这就是进口香水的特殊效果，据说，男人对此都很敏感和喜欢。

为了让自己找到感觉，她需要前戏。她的第一个丈夫，在一家旅行社工作，身高一米八〇，相貌堂堂，收入不错，可就是不懂得前戏，或者说，不在乎前戏，才使她对夫妻生活失望和恐惧。为了避免这种事情的再次发生，她就在浴室里，对着镜子，开始较用力地搓揉自己的那些敏感的部位。才十几下子，她的脸已经涨得通红，眼睛开始迸发出泪花，内心也渐渐产生了某种需要，她赶紧打住。

君黛抓紧化好淡妆，穿上一身米色的绒线衣，戴好一串珍珠项链，还在腰间，束了一条很阔，且镶嵌有假钻的黑色牛皮腰带，忽闪忽闪的，很抢眼。照完镜子后，她便匆匆地赶到附近的一家名叫豪绅的四星级酒店。她用自己的身份证，在宾馆的 13 楼，订了一个标准客房。她微微涨红了脸，怯弱地对前台小姐说，能否打点折。结果，得到了一个八点五折的促销价，350 块半天。她立即付了 1000 块押金，然后飞也似的向 1313 房间赶去。同时，在电梯上，她给冬熙发了一条短信，内容是所定的房间号，并迅速要求他回复。

到了房间门口，她并没有立即开门，而是像电视剧里的女特工，环顾了一下走廊和四周，发现无人跟踪，才开门进去。她捂了捂嘴，觉得自己很好笑。进得房间，她像所有的女人那样，仔细查看了大床、洗手间、写字台、挂衣橱和矮橱上的每个抽屉。还不时地摸一下每样器皿，看看有没有灰尘。然后，来到卫生间，将电热壶冲洗了一遍，打了点水，烧了起来。等到水开，她将一对白色的细瓷茶杯烫好，沏了两杯自己带来的特级龙井香茶。然后，在沙发上坐下，支着自己的下巴，望着房门发愣。"我怎么这样下贱？！……我是下贱吗？"她苦笑着嘲讽自己，不断地在诘问自己。

明明有门铃，就是不按，有人轻轻地敲了三下门。她便弹跳般地一跃而起，飞步奔到门口，压着嗓子问："来啦？"

"来了！"是冬熙沙哑的应声。

于是，她立即将门开了一条缝。

换了一身黑色名牌西服的冬熙，也像间谍一样，看看两旁无人，便侧着身子潜进门来。然后，猛地捋了一把站在门后君黛的胸部。她立即甩开了冬熙的手，脸颊涨得通红，迅速走到靠椅前坐下。跟着走的冬熙，突然想起了什么，立即奔到门口将门上的防盗扣闩好。然后，又疾步坐到茶几的另一侧靠椅前。

已经脱去外套，只穿着一身肉色紧身薄毛衣的她，有点不自然地轻声问："喝点水吧？"

冬熙嬉笑地眨巴着那对小眼睛："还喝什么水啊，我们来吧！"便开始脱起了衣服。

"啊？这是什么文人啊？简直是色狼！"她内心在收缩，在颤抖。此时，她需要的是甜言蜜语，需要的是爱抚……尽管已经孤独了好几年，她渴望的，还是做爱之前，那长长的前戏！何曾想到，作为文人的他，竟然直奔"主题"！

"急吼吼的，太没劲了！"她沉着脸，强忍住委屈的泪水，一边脱去自己的紧身衣裤、鞋袜，只剩下那性感的黑色蕾丝胸罩，和同样材质、豆腐干大小的丁字裤。她掀开被套、被子，躺上床，捂住胸，却叉开着双腿，默默地看着他，没有一丝笑容，也没有了刚刚踏入这个房间时的羞怯，她觉得自己像是一头马上要被屠宰的母猪。

冬熙的动作很快，三下两下，已经一丝不挂。他居然用不耐烦的口吻说："又不是什么黄花姑娘，快把身上的东西脱掉！"

这种话，其实是对女性的侮辱！君黛心中尽管不爽，也来不及严肃地思考这个问题，还是撤掉了身上的最后一道防线。同时，冷冷地打量起冬熙难看的裸身来：五短身材，腆着大肚子。因为早年是扛过200斤货物的，所以，冬熙那两条腿的肌肉特别地隆起。他的两条臂膀又异常的粗短，胸脯的赘肉有些垂，像七十岁老太的垂乳。整个身体显得非常不匀称和丑陋！君黛差点呕吐，因为她的前夫，可是个美男啊，身体非常有型，有点像大卫那裸体雕塑！当然，君黛也知道，这种要求对于年逾花甲的男人，肯定太过苛刻。但，随着视线向男人的要害部位聚焦，出乎她意料的事情终于发生了，——看到了她全裸的这个瞬间，冬熙居然没有雄起！

"来之前，我是吃过药的！"他尴尬地笑着，"怎么不起作用呢？"他立即不好意思地穿上裤衩。然后，又很不情愿地穿好了衣服。随即，走到君黛面前，在她的胸部又狠狠地捏了两把。然后，又重重地摸了一下她的私密处。

"没有福气啊！"他叹了一口气，就去洗手间洗了把手。回到床边，穿好衣服的冬熙，马上从口袋里掏出了早就准备好的1000元钱，轻轻地甩在床单上，说了一声："走了。"随后开了条门缝，侧着身子灰溜溜地迅速离开了。

"拆白党！侏儒！太监！"她拿起玻璃杯往门口扔去，还咬牙切齿地骂道，"把我当作妓女了，畜生！"她爬起身，冲进玻璃洗浴房，拼命用温水反复冲洗自己的身子。然后，满腹委屈的她，扶住门框呜呜地痛哭了好长的时间。古诗说得太对了："于嗟鸠兮，无食桑葚。于嗟女兮，无与士耽！士之耽兮，犹可说也；女之耽兮，不可说也。"是啊，女人吃了亏，向谁倾诉呢？

过了一个多小时，她才走出浴房，找来一条白毛巾，将泪水和身上的水滴一并抹去。君黛不停地诘问自己："我怎么这么倒霉，又遇上了一个拆白党！"

君黛披着浴衣，斜躺在沙发上，一边翻看《诗经》，一边分析和回忆自己的初婚。《氓》里的女性曾做过这样的抱怨："淇水汤汤，渐车帷裳。女也不爽，士贰其行。士也罔极，二三其德。"她不禁击掌叫绝，说得太对了。是啊，男人一旦得到了某个女人，往往并不珍惜。

记得二十多年之前，她曾经嫁给一个叫盛强的男人。这个男人长得很帅，一米八〇，身材魁梧，相貌堂堂。

相恋的有一天，他们一起去看法国影片《佐罗》。他故意将她的手放在他门禁拉链之上。"里面是什么啊？硬邦邦的……"这下，可把她吓得要死。以后，影院里，看的是什么内容，事后，她一点都记不起来了。不久，他俩便有了第一次性接触。很痛，但也很新鲜。很痛，是因为他们之间没有前戏。

婚后，夫妻生活也几乎都是这样。差不多每天，他都很晚回家。回来后，他急吼吼地跨上床，不管她的感受，粗暴地掀开她的被窝，不顾她的反抗，迅速扒下她的衣服，与她做爱。所以，导致君黛对人生最初的夫妻生活，始终没有留下任何快感和美好的回忆，剩下的均是苦楚和厌恶的印象。

她越来越感到忍无可忍，终于有一天深夜，当他再一次跳上床，压在她的身上时，君黛恼怒地推开了他，接着用以前女老师教的对付流氓的办法，狠狠地踢了他的命根，使他一连疼痛了好几天。这就在夫妻之间闯下了大祸，埋下了无法消弭的仇恨种子。

后来，他俩有了孩子。女儿生下之后，她以哺乳、身子不干净等理由，拒绝了他已经很少回家过夜的求欢。开始，她还很得意，以为从此就可以摆脱性侵。岂料，后来终于有了传闻，盛强在外面找了另外的女人，干脆经常不回家了。这就是《诗经·氓》里所说的"士也罔极，二三其德"。男人一旦对妻子三心二意了，家庭就难保。

君黛与盛强都年纪轻轻，他们之间已经没有了夫妻生活，于是也就没有了共同语言，没有了夫妻之间的感情，家里便冷冰冰的，没有了生气。终于，他俩都提出了离婚。小夫妻个性都太强，亲友反复劝阻都以失败而告终。

离婚后的盛强更加堕落，整天鬼混。君黛却背上了抚养女儿的重任。正所谓"夙兴夜寐，靡有朝矣"。而且，这一来，就是十五年！母女间的天伦是尽享了，但是，自己感情上的缺失是非常的厉害，就像背上了沉重的十字架长途跋涉。漫漫长夜，何日出头？君黛现在懂得了：或许，问题就出在这里，她的性饥渴，导致了她过于迁就和怜悯男人！在国际外交关系上，这种做法就叫作"绥靖"。历史证明，实施这种政策，其结果，往往不太美妙。

现在的君黛也终于意识到，自己年轻时的离婚抉择后果很严重，它成为一个不好的精神基因，是会传代的。前几年，它竟然诱使女儿只结婚了几个月就与丈夫离了婚。当君黛哭着，竭力阻止女儿的离婚意向时，女儿竟然向母亲吼道："你可以轻易跟爸爸离婚，为什么我就不可以呢？！"

"啪。"君黛给了女儿一记响亮的耳光，然而，没有击碎小两口分手的决定。

有一句箴言叫作："历史，往往会惊人的相似。"君黛咀嚼了二十多年！其痛楚、愧疚……又有几人知晓？她又吟咏起《氓》中的那两句："静言思之，躬自悼矣。"

八年前，君黛又与一个高干子弟同居，但这个250斤的胖子，患糖尿病。虽然不是性无能，但往往心有余而力不足。他很有钱，也很大方，对她也很体贴。有一次，居然给了她一百多万元，盘下了一家饭店，让她去当老板娘。两年后，因经济萧条和管理不善，饭店倒闭了。不知是否基于这个原因，反正他始终没有提出要娶她的意思。而这一点，恰恰使得真心爱他的君黛彻底失望，最后，还是结束与他的同居，分了手。

现在，她又认识了冬熙。开初，她在想，能否摆脱婚姻的某种魔咒？

最后只能认命。她是经过认真思考的，因为，作为女人，谁没有虚荣心？毕竟，冬熙在这座城市多少小有名气，将来与之结婚，亲友面子上交代得过去。但是，君黛又不得不吞下两颗苦果，那就是冬熙经济拮据和性无能！但反过来思量，自己也没有很厉害的消费。至于性，自己也过了性需要的旺盛期，有没有真正意义上的夫妻生活，似乎已降为次要。这就是为什么她跟随了他三年的时光，照料他不遗余力。即便不在一起时，她也经常打他的手机，向他倾诉衷肠。

　　冬熙告诉君黛的小姐妹：她每天都来骚扰我，弄得我经常没法正常入睡。将来，我肯定是不会娶她的！

　　冬熙还把这个意思，告诉了君黛的那个同居者。这是往君黛的伤口上撒盐，她万万没有料到冬熙居然敢这样做！

　　君黛一旦知道冬熙要甩掉自己，满腔的委屈、愤懑都想要尽情地发泄出来。他除了在写作上稍有成就，其他都一无是处。三年来的观察，君黛认定，冬熙既没有品，又没有钱，没有真朋友，又没有好亲戚。他从不说真话，又善于遮掩自己的真情，十分小气、自私、多变……

　　她虽然并不爱他，但出于择伴的困难和女人的虚荣，只好将"宝"押在他的身上。谁叫她的性格那么开朗，那么热爱生活、擅长烹调。她最拿手的就是做油爆虾。那天，她买了一斤基围虾，精心烹饪成火红透亮的油爆虾后，装在"乐扣"盒内，给冬熙送去。

　　冬熙那天也显得特别高兴，一见到油爆虾，就打开盒子，用脏手拿了一个塞进嘴里，咀嚼起来："哎哟，好吃！好吃！"

　　君黛摇摇头，嗔怪道："瞧你，还是高级编辑呢，吃相这么难看！"

　　冬熙不以为然："这叫先吃为快！"然后，放下盒子，奔到洗手间洗完手，又奔到门口反锁好房门，便用力地拉了君黛进入房间，坐在沙发上进行温存。

　　君黛害怕地问："你女儿呢？"

　　"今天她们同学有个派对，要很晚才会回家！"他的手在她衣内乱捣鼓。

　　她有些反感，但也有些需要。女人的心，就是这样的矛盾结合体！

　　过足了瘾，冬熙终于开口了："前天，我买进了一样好东西，想看看吗？"

　　"随便。"君黛红着脸，平淡地回应。

　　谁知道，他拿出的是一张照片。拍得很清楚，是一张精致的景泰蓝花饰圆桌。另一张照片拍的是该圆桌上刻写的文字："大清康熙年制"。

　　君黛好奇地问："这张桌子有多大？"

冬熙眨着眼睛，笑眯眯地回答："台面直径有七十厘米。高，也差不多七十厘米。"

"你花了多少钱买进的？"

"还没买呢，只是签好了购买意向书。那个贩子开价十万元！"

"这么贵啊！你砍价了吗？"

"怎么不砍？"冬熙得意地说，"最后成交价是8万元。"

君黛困惑地问他："能赚多少钱？"

冬熙狡黠地笑着说："你猜猜。"

"我又不懂行情……"君黛尴尬地说。

"你尽管往大里面说……"

"我实在讲不出……"

"没关系，"冬熙笑嘻嘻地说，"让我来告诉你，至少能赚一个亿！这还是保守的估计。"

"啊？！"君黛惊讶地吐了吐舌头，"能赚这么多啊？"但，疑云马上飘过了她的大眼，"那桌子会不会是假货呢？"

"妇人之见！"冬熙挥了挥手，"我请专家去检验过，认定是从皇宫里流出来的，没问题！要知道，解放前，以龙凤为主的图案，是皇宫的专利，百姓用，是要杀头的！"

沉默。显然，君黛对他非常鄙视。冬熙也看出来了，他想贴近她亲热，被她推开了。

"我要回去了。"她拎起包要走。

冬熙急了："不在这里过夜了？"

君黛轻轻地回答："我今天身体不舒服。"

"那我也不勉强，"他停顿了一会儿，终于吞吞吐吐地说出，"不过，我想，问你借点钱……"

君黛吃惊，那目光分明在问："会不会搞错对象？"

冬熙："我呢，最近手头有点紧，暂时拿不出来这点小钱。"

君黛问："要多少？"

"八万元！"

"八万元啊？"君黛不解，"你连这点钱也拿不出？"

冬熙平静作答："这次，只是调调头寸。不过，我两个月内就会加息后还给你！"

几天之后，君黛到银行，往冬熙的账号里打了八万块钱。她这样借钱给他，是出于分一杯羹的欲望？还是想在彻底委身冬熙之前，对他的品质进行最后的测试？……君黛自己都搞不清楚，抑或兼而有之。

钱划给他之后，她让他写一张借条。冬熙不解地问："对我不信任？"

"没有……我看人家通常都是这么做的。"君黛反而有些语塞。

"人家是人家，我们之间还有这个必要吗？"

"不是，这个钱，我是给女儿办出国用的……"

"知道，过不了几天，我会马上还给你！"

都说到这个分上了，君黛真是无话好说。反正将来，自己人都委身于他，还怕他不还钱？君黛犹豫了一下，就放弃了要他留下字据的诉求。

后来的事实证明，这样的做法，极其草率，极其愚蠢，后果相当严重。

几天之后的一个晚上，那件清宫里流出的古董，秘密地运抵冬熙的家。冬熙非常神秘地约请君黛前来观赏。

今天，君黛穿着紫色的连衣裙，进了冬熙家的门后，还在换拖鞋时，就被背后蹿上来的冬熙搂住一阵乱摸。君黛只能轻轻地呼叫："别、别这样……被别人看见！"

为了转移注意力，她大声问："古董呢？快让我看看！"

冬熙这才放开了君黛，不乐意地去搬来非常沉重的珐琅彩"御桌"。

冬熙喘吁稍定，然后利索地将"御桌"安装好。果然，那桌子气宇轩昂：天蓝色珐琅彩底色上，一对龙凤栩栩如生；周边的花卉生机勃发，显得非常灵动；构图和色彩的搭配，富贵、至高无上且非常富有创意。

"怎么样？"冬熙得意地问。

"金碧辉煌！"君黛由衷地赞叹道。然后，像抚摸爱人一样，在龙凤图饰上轻轻地撸了一下。

"你怎么可以这样！？"冬熙凶神恶煞地对君黛呵斥道，并粗暴地将她的手推开，"要摸，得戴上白手套！否则，会加剧氧化！你知道吗，这个御桌少说也值两亿四千万元人民币！"

"啊？！"这下，可把君黛吓得半死，她像犯了错的村姑一样，半晌说不出话来，她的脸还涨得通红。

而冬熙，对这一切似乎并未觉察，他仍然兴奋异常、唾沫星乱飞地对御桌夸耀了一番，然后，又对它如何流出皇宫的经过，进行了大胆的推测。其熟悉宫廷历史、器具的情形，仿佛他是将宫中文物偷盗出来的那个太监的子孙。

之后，房内两人之间的缠绵，就变了味了，变得非常做作、迟钝，索然无味！为了早点发大财，冬熙不但自己赤膊上阵，还请君黛也来帮忙，几周之内，请来了好几位古董鉴定家，对御桌进行了多次、反复的鉴定。结果，那几个专家都含含糊糊地认定，这个"御桌"，其实是赝品！是当代的某个偏僻的农村里的大型制假作坊里生产出来的"假古董"，其制作成本价，不会超过三千块！

这使得急于想发大财的冬熙十分沮丧，一夜暴富的美梦终于破灭了！更糟糕的是，这些鉴定，君黛都在场聆听。冬熙感到头疼，他开始变得沉默寡言，尤其在君黛面前，他不再提及"古董"和借款之事。

那是秋天的某个傍晚，君黛还是像往常那样，烧了四道菜给冬熙送去。菜是盛放在四个透明的塑料盒内，其中，一盒是红烧肉，还有三盒分别是带鱼、烤麸和油焖笋。

进门之后，冬熙笑眯眯地将君黛拉到沙发上坐下。"先温存一会儿。"他提出。

君黛沉着脸，任其摆布。

过了两三分钟，她轻轻推开了他，整理好衣扣和头发，直截了当地问冬熙："八万块钱，你打算什么时候还给我？"

"别急嘛，下个月初，我一定还给你！"冬熙信誓旦旦。

"不行，我有急用！"

"那么，十天以后，总可以了吧？"

"还是不行！女儿办出国手续马上要缴费了。"

"那好，我会想尽一切办法，争取在一周之内还你！"

君黛点点头："不要食言噢！我走了。"

"干吗这么急着要走？我们一起去吃晚饭！"冬熙恳求。

"不了，我已经吃过了。"她说了个谎，执拗地推门而出。

冬熙赶紧跟上："我来送送你！"

秋夜，路上行人很少。他们默默地踩着满地的落叶并肩而行，只听得"沙沙"踩碎落叶的声响。

看到了一辆的士，君黛挥了挥手，的士就停在了他俩身边。君黛平静地说："好了，你回去吧。"

冬熙笑着央求："我跟你回家吧！"

"不行！"君黛斩钉截铁，"女儿在！"她又说了一次谎，其实，女儿这几天正在医院里，陪正在监护室里抢救的爷爷。

是的，女人就是这样，她们既容易轻信男人，又是疑心重重的人。一旦你让她怀疑你的所作所为，那么，她必然对你处处设防。

不欢而散。后来的几天，他们都懒得给对方电话。

一周过去了，见冬熙那儿没有一点动静，君黛的心有点怵。她终于发了一条短信给他："一周已到，钱可以还了吧？"

他回复得倒很快："我现在外地筹款，估计三天之内就能到手。冬熙"

其实，冬熙并未去外地，他正在一家足浴店的楼上抱着一个从事性工作的姑娘亲热呢！那个姑娘还愤愤地骂道："哪个扫帚星在这种时候发来短信？真缺德！"幸好，这种话君黛听不到，否则，一场恶斗在所难免。

三天过去了，冬熙还是没有反应，君黛有些不耐烦了，她直接打了电话给他："哎，你什么意思？讲好三天还钱的，怎么到现在还没动静？"

冬熙讨饶："原来还给我钱的地产老板，因市场低迷，资金链断裂，跑了。不知道他躲到哪里去了。所以，我只能向其他借我债的人追讨。你再宽限我几天，好不好？"

对于这样的托词，她还有什么话可说！谁知道他的话是真是假？"退缩！逃避！这样的男人值得我爱吗？值得我嫁给他吗？"这些天来，君黛无时无刻不在用这些话来拷问自己。以致，她在一家美容院做领班时，常常走神。

而冬熙呢，还是他的基本做派，混到哪儿是哪儿。这不，他这几天又搭识了一个山西女煤老板，两人很快就打得火热。那天，君黛心里闹得慌，无意之中闯入了一家深巷中的酒吧里，居然撞见了冬熙和女煤老板喝交杯酒的夸张场面。接着，当然是上演落俗套的脚本——君黛的快步离开和冬熙的边追边解释。

又过了几天，冬熙在未经得君黛同意的情况下，叫了一辆物流厢式货车，将"御桌"运到了君黛的家里。君黛在惊讶之余，付清了运费，脱口骂了一句："流氓！"这差点引起货运司机的误会，以为女客户在无缘无故地骂人。

之后，冬熙发来一条短信："御桌已经给你，我们两讫了！"

君黛也找不到其他合适的语言，就简单用两字回复："流氓！"

君黛几乎陷入了绝望，在家里，女儿不断地为此事数落她。而君黛，像是犯了大罪，在女儿面前，头也抬不起来。更严重的事情也发生了，冬熙的手机和住址都换掉了，他整个人好像人间蒸发，从这个大都市中消失了。君黛失去了向冬熙索讨损失的机会。

待女儿上班离家后，君黛卧在躺椅上，失望地又拿出了那本《古文欣赏》，她觉得自己的心绪和该诗的最后几句几乎一样：“总角之宴，言笑晏晏。信誓旦旦，不思其反。反是不思，亦已焉哉。”

“非常不幸，我就是《氓》中的那个女主人公；而冬熙就是那个氓！”君黛自语道。她发誓，永远不会再与那个冬熙发生各种联系！这样一想，她倒反而释然了。一释然，气也顺了，心也宽了。她干脆把“御桌”放在客厅里，供来家里的亲友参观。

几个月过去了，就在君黛以为八万块钱肯定打了水漂时，转机出现了。

那天，春风扑面，阳光灿烂。好几年未谋面的老邻居、清华大学的考古专家秦榜华教授，正好从君黛门口经过，他顺便进门来与君黛寒暄几句。很快，他被客厅中央放置的御桌吸引住了。他从口袋里拿出放大镜沿着御桌，仔细观察了好长时间。君黛几次给他送茶，都被他谢绝。

秦教授笑嘻嘻地问：“君黛，花多少钱搞来的？”

君黛噘着嘴：“八万元！我上当了，买了个假货！”

“No，No！”秦教授挥挥手，“绝对是皇宫流出来的真货！”

君黛不信：“何以见得？”

秦教授坐在沙发上，点了一支中华牌香烟，呼了一口，吐了几个漂亮的烟圈后，得意地说：“我为什么说得这么肯定？这是几年前，我看过大太监李莲英的孙子写的那本回忆录《根在何方？》，里面爆料，趁八国联军犯京之际，李莲英把慈禧太后非常喜欢的那个御桌悄悄运出宫，藏在一个白姓妃子的弟弟家里。这张桌子，后来被李莲英的孙子买回。文中特别提到，这张御桌，已被白家人动过手脚。刚才，我看到了。你也可以看一下，在桌子的背面，果然刻着一个小小的‘白’字。”

君黛立刻拿起手电筒钻到桌子底下，用灯一照，真的刻有一个“白”字：

"啊，是真的！"

秦教授："卖给我，我翻十倍的价给你！"

君黛喜出望外，眼睛异常明媚："秦老师，先别急。告诉我，它的真实价钱是多少呢？"

"千万元以上！"秦教授非常肯定地回答，"但手续十分复杂，还要交很多的税。其他呢，还有安全问题……"

君黛疑惑地说："是这样啊……"

第二天一早，冬熙不知从哪里获得了这个消息，像是从地底下突然又冒了出来，态度谦卑、和蔼地来找君黛，但被她们母女俩撵了出去。

"我要告你！"这是冬熙留下的最后一句话。

君黛笑答："告去吧！你这支糯米小手枪！"

飙 字

清明时节的东海市，乍暖还寒，最难将息。粉白色的樱花瓣散落一地，被行人踩得破碎不堪，黏黏糊糊的。许多个越冬的橘子，尽管还悬挂在绿油油的树枝上，但显然已经被风干了。天气时阴时雨，加之雾霾不断，让人提不起神来。

街道党委会在召开。正当大家昏昏欲睡时，一个大嗓门，打破了沉寂。

"书记啊，有件事，您一定得去管一管！"看上去快八十岁，其实，连七十岁都不到的孟老头，挡住了走出会议室，欲去洗手间的蒲鑫街道党工委的何书记，并向其投诉，"也不知道是哪家的富家子弟，天天开着一辆红色的法拉利，在我们公司门口的小马路上飙车，多危险啊！万一撞着人怎么办？"

"你说得对！孟伯伯，放心，我会去管的！"老练沉着的何书记像哄孩子那样哄着孟老伯，但也不忘记将他一军，"转告你儿子，你们那个'苏达'印刷公司门口车辆的乱停放问题，许多居民多次向我反映过了，叫你们老板，也要及时地整改一下！"见孟老伯脸上开始变得不悦，何书记又马上诚恳地补允道，"你先请回。这两天呢，我会到你们公司那儿去察看一下的！"

这是发生在东海市蒲鑫街道党工委会议室门口简短的一幕。

于是，会议室里的党工委的几个年轻委员议论开了。

甲："门卫怎么放他进来的？也没人拦一下！"

乙："他是谁啊？"

丙："没听何书记说啊，这老头可是'苏达'印刷公司老板的父亲！"

丁："可怜啊，听说，这老头在公司里面仅仅是当门卫！"

戊："飙车的事，跟交警说去，找我们干吗？真是！"

这时，方便完了的何书记也正好走了进来："飙车确实会带来交通问题。可他忘了，想当年，他的飙字，带来的交通问题更大啊！"

"书记，什么叫'飙字'啊？……"会议室里一片好奇的发问。

本来，会议差不多应该到此结束了，但由于好奇，大家都没有想走的意思。让人懒洋洋的春天的下午，如果能够听人讲一段精彩的故事，其实比喝上一杯浓郁的咖啡，更容易受到大家的追捧。

何书记坐定，卖起了关子："啊呀，'春眠不觉晓'，还是让大家休息二十分钟吧！"

"不行，不行！"小青年们纷纷表示反对，"何书记，什么叫'飙字'？给我们讲讲吧，还有这个孟老头，他有什么传奇的经历？"

有人讨好地说："讲啊！讲完，我们大家掏自己的腰包，请何书记喝老酒去！这不会违反八项规定。"

"一言为定！不过，我也参加 AA 制，省得以后授人以柄！"何书记狡黠地说。于是，明年就要退休的何书记毫无顾忌地讲述了一段关于孟老头的传奇经历。

何书记掐灭了烟头，所有的人都竖起了耳朵。

先解释一下，什么叫飙字。说到飙车，大家都懂，那是关于玩车的年轻人的专用名词——玩车人既要玩得刺激，又要在众人面前炫耀自己的爱车，以及高超、冒险的驾车本领。飙字，这个词，也许是我的创造，其实，跟飙车的意思也差不多，某人的字写得好，在众人面前露一手，也能引来众人的好评和赞叹。区别在于，飙车所用的车，是花大钱买来的，只要有钱，就容易办到；而飙字的字，则是自己一个又一个写出来的，须经十来年的苦练，以及对中国汉字超人悟性和驾驭，写出来的字，才能得到众人的喜爱和欣赏！

孟老头，大名叫孟为国。他的那段传奇经历，大约发生在四十年前，也就是"文革"期间。当时，他还是一个三十岁都不到的未婚青年。先介绍一下他的家庭背景。他的母亲戚氏，在他七岁的时候就因病去世，他父亲，是一个老实巴交的书呆子，因为在大学里说错话，划成右派，被逐出校门。他投诉无门，便在邮局门口，设了一个小摊，靠帮助别人写信、写毛笔字、写对联、写邮包……收费度日。可怜的穷小子孟为国，放了学，几乎天天在父亲那儿帮忙，除了磨墨，就是帮助父亲看摊、铺纸、卖自制的信封、帮人投递信件和邮包……反正非常勤快。空下来的时候，父亲会手把手地教他写毛笔字。当然，他也会偷闲，趴在小摊上打打盹，或做自己的功课。

你们一定会好奇，我怎么了解得那么清楚？其实，一点都不奇怪，我曾经是他们家的邻居。所以，到了现在，年纪这么大了，他连告状，还要告到我这儿来。

好，我们言归正传。因为家境贫困，孟为国后来念的是技校，十七岁毕业，被分配进了东海运输公司。该公司隶属于东海市纺织局，是个两三千人的中型国有企业，当时，被称为"大工矿"，绝对是响当当的铁饭碗。在公司里，孟为国当了一名油漆工，家里的经济状况才刚刚有了改善，其父便患上了痨病，丧失了劳动能力，完全靠孟为国赡养。

更糟糕的是，两年后，便遇上了"文化大革命"。孟为国的父亲作为"地、富、反、坏、右"黑五类中，排在最后的一类，自然又被亢奋而又细心的街道造反队揪了出来。才几场批斗，他父亲的身体就撑不住了。在一个风高月黑之夜，他上吊自杀于自己家的房梁上。在他的口袋里，造反队搜出了一封遗书，上面颤颤巍巍地写了几行毛笔字："冤枉啊！呜呼，阎王老子，吾孟某人来报到矣！"其时，他才四十七岁。事后，造反队的小头头怒骂道："反动透顶！死有余辜！"……

可想而知，这件事，对于孟为国的打击有多大。于是，已成孤儿的他，每天下了班，哪儿也不敢去，就躲在家里练毛笔字排遣哀思和苦闷。他练过好多字帖，但最后还是专注于魏碑中的"龙门二十品"。这种字体端正大方，质朴厚重，刚健有力，峻荡奇伟。跟他猥琐的形象和懦弱的性格刚好相反，这或许就是所谓的距离产生美吧。他练的魏碑字的笔法方硬有棱角，起落处犹如刀削，斩钉截铁，锋芒毕露。有时，在稳重中又显俊秀爽利，流畅圆浑，显得十分潇洒、奇逸，在书法艺术风格中别具一格。

孟为国只要一练字，就进入了忘我世界，每到此时，一切烦恼和痛苦、一切不幸和灾难都被忘却，甚至不复存在。他的头脑里晴空万里、一片光明。什么都是美好的，只存善良与美丽！他开始采用油漆刷蘸着水在自家的地砖上、墙上写起大字来。有一次，他忘我到居然将字写到了床上铺着的白被单上。等到醒悟，忙将湿了的被单晾了出去。

隔壁的徐老太见了，诡异地一笑，走过来打趣道："为国啊，想娶老婆了吧？再这样'画地图'下去，是要伤身子的！"

可当时的孟为国老实得居然听不懂这些话的暗含之意，还一个劲地辩解到："我没画过地图啊！"

其他的邻居听后都哈哈大笑起来。有几个大一点的懂事的姑娘则羞红了脸。

孟为国不解地问："你们在笑什么呀？这晾被单，值得开怀大笑吗？"

邻居们笑得连泪水都流了出来，姑娘们也掩嘴溜了。而孟为国还一脸的困惑，挠着自己的头皮。

在单位里，除了埋头干自己的活儿，孟为国绝不敢与人搭讪。有的时候，油漆大面积的地方，比如礼堂的墙壁，他会在打底色时，趁边上无人，在墙上先写下几行魏碑字。一开始，还无人知晓。可是到了后来，渐渐被许多人发现了。是粗心？抑或是自己得意忘形地有意翘尾巴，只有他自己知道。于是，便有革命群众向公司的革委会做了检举揭发。

终于，有一天，他被革委会找去谈话。一路上，他一直在埋怨自己的粗心大意和虚荣心。可谓步履蹒跚，懊悔不已。同时，又直觉得凶多吉少。

到了革委会，他耷拉着脑袋，心惊胆战地等候严厉的审判。

革委会头头老魏严肃地问："知道为啥找你吗？"

孟为国："知道。"他感到自己的喉咙在冒烟，说话困难，"我要向伟大领袖毛主席请罪，我做了不该做的事……"

"你除了在墙上书写毛主席语录和公司的名字外，还有没有书写过什么反动标语？"

"没有！绝对没有！哪里敢啊！我用自己的脑袋担保！"孟为国信誓旦旦。

"那好，知道问题的性质吗？"

"那是浪费国家财产！……"此时的孟为国表情相当自责，额角和后背上已经是大汗淋漓。

"没有那么严重，以后可要注意噢！"老魏语重心长。

孟为国紧绷着的心一下子放松了下来，但还是表现得极其诚恳："好，我保证以后一定改，不会再犯同样的错误！"他小心翼翼地瞄了老魏一眼，见对方并无敌意，便怯生生地说，"如果没有其他的事，我想告辞了。"

孟为国才走了两步，猛听得"给我回来！"一声吼叫，他吓得差点摔倒，顿时尿湿了裤裆。当然，这是事后才发现的。

老魏埋怨道："还没让你走呢！"

孟为国瘫坐在椅子上，等候清算。

老魏和蔼地说："找你来，我们想给你一个立功的机会，发挥你在书法上的特长！"

"不敢！"孟为国以为是在讽刺他，还是垂着脑袋呢喃，"你们在逗我吧？"

"谁跟你开玩笑！这是革命任务！不许讨价还价！"老魏开始严肃起来。

原来，革委会决定将孟为国抽调到公司政宣组来，专门负责书写大幅标语，其实此事已经酝酿了一段时间。只是因为孟为国的出身有点问题，才使得公司革委会的头头们举棋不定。

那时节，"文革"进行了好几年，几乎隔三岔五，公司革委会都会接到上级的紧急指示，要在公司内外宣传中央文革小组的最新政策精神，以指导革命群众的斗争方向。公司政宣组本来也有两个会写大幅标语的青年，但都只会写方块黑体字，由于长时间经历停课闹革命，都只具有初中文化水平，所以字都写得比较差劲，还常常漏了笔画或搞错偏旁。招致革命群众常来反映："你们公司没人会写标语吗？怎么字都写得那么臭啊？还常常把字写错！如果不是我们积德，赶紧将字扯掉，否则，你们这些头头早被抓进去了！有你们这样宣传最高指示的吗？！"

所以，公司革委会的头头一直在物色字写得好的新人。尤其是老魏去北京出差，看到那里几所大学的学生，写起大幅标语来，居然连隶书、行草、魏碑等都用上了，佩服得五体投地。"那就不光是在宣传真理，更是一种美妙的艺术享受！"老魏回来后，一直逢人就念叨此事。

于是，孟为国遭身边人的检举揭发，反倒成了公司革委会发现人才的线索和契机，也让孟为国有了出人头地的机会。接受任务后的孟为国因兴奋激动，回到家中，便不断哼唱起样板戏来。后来终于因为感觉到自己的裤裆凉得厉害，才停止了哼唱。经检查，才发觉：自己刚才曾小便失禁过。为此，在更换内裤时，他轻轻地敲打了一下自己的命根，奚落它道："不争气的东西！"

那个年代，整个社会都在发高烧。有的时候，中央文革小组的最新精神接二连三地下达。而这些政治信条每次发布和下达后，全国都要亢奋好一阵子。街上敲锣打鼓，呼声鼎沸，同时标语林立，传单飞扬。持续的、大规模的示威游行，把工农兵学商几乎都涡卷了进来。人们把这种游行看得比生产、交通、学习、医疗、国防……都重要！从不计较这样做的社会、单位和个人的综合成本。嗓子喊哑了，臂腿酸胀了……大家都习以为常。留下的，是一片狼藉的马路和那些用糨糊粘贴在墙上的大幅标语。

然而，在那个废弃文化，否定知识的年代，也出现了奇迹——无论在哪里，也无论何时，只要有署名为"东海运输公司革委会宣"的魏碑体的大幅标语出现，总是能吸引不少人前来驻足观赏。而且，围观"东海运输公司革委会宣"的魏碑体的大幅标语的人越来越多。人们安静地阅读，也有轻声的交头接耳，那情形，如同现如今在古迹和寺庙里看到的众多信徒虔诚的神情。而这种景象，都是由孟为国写魏碑体标语引发的！

到了后来，伴随着游行队伍，东海运输公司革委会宣传组写标语的卡车，只要一出现，便会有许多革命群众紧跟着围观。每当孟为国书写魏碑体标语的时候，似乎在给大众上一堂书法、美育、娱乐……的传承课、公开课。开始，观看的人只不过几十人，可是到了后来，竟达几千人以上的规模。

人们觉得，那些革命的口号，似乎只有用魏碑体来书写，才最合适，最能体现革命语录的精髓，最具有风骨和力量，最能震撼人们的心灵。一时间，孟为国写的字，成了当地人们的字帖。当时，孟为国写字时，自然而然地形成了一道最壮观、最靓丽的文化风景线，简直是不可思议！说句实话，用"飙字"两个字来形容孟为国当时的作为，绝不过分！那时的人们像着了魔一样地跟着观看写标语，其实真的并不关心标语的内容（因为，那太多变了），而是像朝圣一样，在啧啧称赞孟为国的书法。

此时，也有人在小声议论——

"这个师傅的字怎么写得这么漂亮！"

"好久没看到这么漂亮的毛笔字了！"

"这叫什么字体啊？"

"连这个你都不知道？这叫隶书！奴隶的隶。"

"瞎说！这叫魏碑！"

"写字的人叫什么名字啊？"

"我真想拜他为师啊！"……

孟为国假装没有留意人们的议论，其实是听得真真切切。他完全被自己的才华所陶醉、所感动、所折服。真是豪情万丈，热血沸腾啊！尽管"已是悬崖百丈冰"，他仍会一边写，一边将衣服脱到只剩下一件汗衫。而当他写好一个字，都会听到观众那儿由衷地发出的热烈鼓掌和欢呼。

人们开始加紧打听书写者的大名。终于，打听到了，此人叫孟为国，在东海市运输公司革委会工作。就因为他的魏碑字写得好，人们给他起了一个雅号，叫"孟魏碑"。

尽管当时领导层把妇女的地位捧得很高，但，女人们总体的文化水平并不很高，才扫除文盲没几年，又遇上停课闹革命的年代，所以，小学文化者居多。她们中对书法感兴趣者，人数毕竟不多。再说，那个年代，大家都很贫困，社会上根本就没有保姆存在。妇女们承担着大部分的家务，还哪有时间在户外休闲、散心。所以，观看孟为国写标语的人群中，鲜见女性。但当他标语写到位于东海市市中心的百货大楼外墙上时，情况就完全不同了。

那是初冬的一天，整个城市已经入夜，当时市中心的马路上还没有霓虹灯，就像现在的朝鲜。游行虽早已结束，商店也基本打烊。但出人意料，百货大楼门口还是聚集了一万多的围观者，其中就有不少的女性。原来，大家都在等着观赏孟为国书写大幅标语。

大家知道，东海市百货大楼是解放前留下来的建筑，楼宇有 15 层楼高，是当时全市的最高建筑。各层楼的外阳台，外人是上不去的。东海运输公司革委会为了表现对中央的绝对忠诚和热爱，也为了继续扩大自己公司的影响力，经策划，决定把标语写到这幢高楼的墙上。为此，公司借来了全市最大的一部吊车。孟为国的助手们，都是一帮小青年，看到有这么多的革命群众在观看，大家亢奋得不行。半小时不到，已经将十四个外阳台上写标语所需的白纸用糨糊粘贴好。每个字，大概有三个平方米那么大。人们在担心：孟为国能否写得好这么大的字？而且哪来那么大的笔啊！

这时，闹市区大吊车上的小探照灯亮了。只见大楼屋顶上一块两米多长，一米宽的跳板被粗壮的麻绳绑着，缓缓地放了下来。跳板上站着两个拴着保险绳的人。只穿一件白衬衫的青年，正是孟为国。于是，底下的革命群众一片欢呼，"孟为国！""孟魏碑！"的喊声，此起彼伏。站在孟为国边上的，是给他提颜料桶的助手小马。

但见孟为国不紧不慢地从跳板上拿起一把超大的芦花扫帚，蘸了蘸颜料桶里的红色颜料，然后龙飞凤舞般地写起魏碑字来。每一个字写好，便引来底下马路上的革命群众无数的鼓掌声和欢呼声。

孟为国似乎没有听到这些欢呼和赞美，他浑身火热，脱得只剩一件白色的汗背心，人们可以看到他写字时，如同在打拳，双手舞动，激情四射，挥洒自如。那个扫把，仿佛杆钢笔，异乎寻常地听话。孟为国的字显得既遒劲有力，又潇洒飘逸。如同猛虎跳涧，又好似鹰隼穿云，雄壮之美，摄人心魄。等到孟为国把字写完，穿天入云的掌声和欢呼声又吸引来了万把人，造成市中心交通一度瘫痪。惊动来许多早已下班的交警，他们在接到紧急通知后，又重新赶到警察局，被派来维护交通秩序……其盛况可谓闻所未闻，见所未见！

是吧？飙字，比飙车还要风光！不过，当时还没有"飙字"这个词，这是我创造的专利！

孟为国写完字后，用手帕擦了擦满脸的汗水，一阵疾风吹来，竟将他的手帕吹飞。这块手帕，正好被昂起头看得如痴如醉的姑娘——小学教师陶醉芬接住。

更匪夷所思的是，这块手帕，后来竟牵扯出一段离奇的姻缘。不过，这是后话，暂且按下不说。

因为写字，孟为国红了，火了，连东海市革委会举办的各种大型集会，也把他请去书写横幅，当然也请他写各种重要的标语和革命对联。其书法艺术，竟然也得到了那些靠造反爬上高位的市领导的青睐和高度赞扬。

孟为国的标语一红，公司的名声也跟着大振，公司革委会的头头外出办事，只要一报家门，对方往往会说："哦，原来你们就是东海运输公司啊，你们那个孟魏碑写的字太漂亮了！"然后，便会得到对方提供的种种意想不到的方便和帮助。同样，公司的头头到市里的各个会场出席会议，也会备受推崇，顿时觉得腰杆子硬了许多，讲话时的底气也大不一样。于是，公司不仅为孟为国涨了几块钱工资，还分给了他一间朝北的小工房。更出乎孟为国意料的是，竟把他提拔为公司革委会常委。到处有人请他去书写标语、厂名、店名、书名……甚至各种展览会上各处的标题。虽然写字几乎是没有酬金的，但邀请方往往会悄悄塞给他一些实用的东西，比如烟酒啊，箱包啊，或者食品什么的。

中国的事，往往就是这样，你一红，便引来不少的"山寨"者，和许多的"羡慕、嫉妒、恨"。不久，有意思的情况终于发生了：只要孟为国那个写标语的团队出现在哪里，哪里就会冒出其他单位的"标语书写组"。但，都是东施效颦，气场和结果就是不一样。比如，当时经常要用的那条口号——"誓死将无产阶级文化大革命进行到底！不获全胜，决不收兵！"看了孟为国的字，让人顿时会感到无比有力，坚定自豪，斩钉截铁，不容置疑。这行字，犹如天兵天将下凡，无坚不摧！而另一家厂的标语书写组，采用的是隶书体，虽然字也写得还算是中规中矩，但看后给人的印象就是娘娘腔，软不拉几的，无病在呻吟，犹如秀才出拳，疲软不堪。也有的标语书写组采用楷书来挥毫，效果也不佳，有点像中学生穿西装，身材过于纤瘦，给人不踏实、太柔弱的感觉。也有人用行草体来书写，由于好多字让人无法辨认，感觉太随意、太卖弄技巧、太油滑，所以，也不能引起人们太多的关注。至于有人用黑体方块字来涂抹，那更是因形状木头木脑，而无人问津了。

有一次，孟为国的小组正好跟另外几个"标语组"在一处飙字——书写来自中央的最新指示。孟为国这厢人头攒动，用现在的时髦话说，叫作"粉丝甚多"。而观看其他标语书写组的人，却寥寥无几，十分惨淡。显然，孟为国在飙字中鹤立鸡群，拔得头筹。

东海市运输公司革委会当然把孟为国当成了宝贝，给了他好多荣誉和好处。人们甚至忘记了他是"黑五类的孝子贤孙"！万人瞩目下，他也春风得意。许多人，尤其是青年学子和姑娘们，更是对他崇拜有加。一些人，甚至拿了当时紧缺的猪肉和粮食（包括肉票和粮票）来拜他为师，但都被他婉言谢绝。他记住一句家传祖训："教会徒弟，饿死师傅！"

不过，也有例外，前面提到的那个叫陶醉芬的小学女教师，因为看中了孟为国写的魏碑字而发誓要嫁给他。她十分自信，因为容貌也长得姣好，尤其是说起话来，嗲声嗲气，十分讨男人喜欢。加上，陶醉芬出了张怪牌，居然拿了孟为国的手帕上门来归还，顺便也提出了想拜孟为国为师的请求。这下，孟为国的心理防线彻底崩溃！陶的要求居然被从未跟女性谈过恋爱的孟为国所完全接受，这大出人们的预料！从而印证了坊间流传的一句俗话："男想女，隔座山；女想男，隔层纸！"结果，毛笔字倒是没教，恋爱倒是谈上了！此事，后来很快就被广泛地流传开来。公司革委会里的人，开始还不太相信，这么木讷的人，也会谈恋爱？后来被证实了，于是，有人背地里开玩笑，给孟为国起了另一个绰号，叫作："闷烧锅。"

孟为国与陶醉芬很快就如胶似漆了，不久便在刚分配到手的那间朝北的小房子里结了婚。结婚那天，公司食堂里摆了十几桌酒席，红旗挂遍，热闹非凡。孟为国跟陶醉芬分别身穿中山装和红色的毛线衫，拿着红宝书，来到毛泽东像前，先宣誓，然后，接受着大家的祝福。不少人给他俩的礼物是四卷本毛选和老人家的瓷像。这在当时，属高档礼品。次年，陶醉芬就生了个大胖儿子，取名——孟文革。一家人过得很幸福。

有一天，孟为国端着一脸盆床单出门，挂在两棵树中间晾晒。不料，又遇到从门口路过的老邻居徐老太。后者把孟为国拉到一边，神秘兮兮地说："小孟，又'画地图'了？照例，男人结婚后，不会再有'画地图'的事了！"

小孟被问得满脸通红："徐阿姨，你说到哪里去了？那是我儿子尿床了！"

"都有儿子啦？那我搞错了，搞错了！再见——"说毕，一溜烟地跑了。

然而，诚如古训所言："祸兮福之所倚，福兮祸之所伏。"

那天，市里召开批斗主要走资派的大会，孟为国又被邀请去书写会议的横幅。好酒好菜招待后，孟为国三下两下就把活干完了，人们对他写的魏碑字都跷起大拇指大加赞赏。要是此时离开，啥事都没有。可偏偏那天，他借着酒力，想留下来看看一群跳"忠字舞"的姑娘中，那个长得极像"柯湘"的美貌女子。真是色字头上有把刀啊，他这儿一动凡心，祸害马上就降临了。

那天，市里有个逃跑多时的走资派——市委书记骆武强刚好被抓到，于是，会议组织者临时决定，立即在会场上悬挂两条大幅标语。但是，谁来书写这两条标语呢？人们立即想到了那个尚未离开、字又写得出神入化的孟为国。而此时的孟为国呢，看完了美女，多少有点魂不附体。又多喝了点酒，酒气洋溢的他，那天居然提出要求，写字时，要有一个"清净的环境"，傲慢地将所有等着观赏他写字的官员全部赶出了会议室！这就导致他犯下了致命的错误，而无人予以指正！他醉眼蒙眬，一激动，一糊涂，鬼差神使般地将"保卫毛主席！""打倒骆武强！"两条标语上的人名给写错了，写成了"保卫骆武强！"打倒的竟是伟大领袖！等到将写有大幅标语的布匹悬挂到一半，就被大家发现了，全场为之震惊！人们面面相觑，鸦雀无声了几分钟后，便有觉悟高的几个革委会干将跳上台来，将孟为国按倒在地，对他拳脚相加。之后，还在他的身上狠狠地踩上了好几只脚。革命群众个个义愤填膺，炸雷般的口号声此起彼伏。孟为国当场被市革委会头头判为"反动透顶的现行反革命"，并立即被架走关押。随后，公司革委会也马上宣布，撤销了他公司革委会常委一职。

这真是晴天霹雳！此时的孟为国早已酒醒，吓得屁滚尿流。他无论如何没有料到自己写魏碑字，竟然会闯下如此的大祸！

灾难似乎并未到此为止，被打得体无完肤的他，还没来得及疗伤，立即被关进了公司私设的监狱——学习班，去接受审查。不过，这已经是不幸中的大幸了！由于公司领导动了恻隐之心，他被关进了公司办的所谓学习班。当然，自由是丧失了，24小时被人看管。那是不折不扣私设的监狱，当时这种叫作"学习班"的监狱，在全市乃至全国比比皆是。说是学习班，可到了里面，除了给他一本毛选外，根本不提供任何的学习机会。

至于陶醉芬，她万万没有料到，自己一下子变成了反革命的家属，天天受到邻居和同事的冷眼和指摘。原来，所谓的"天上"和"地狱"，往往就发生在一瞬间！

这个变故，使得孟为国夫妻俩一下子都老了十岁以上。而且，倒霉似乎还不仅止于此，人们很快想起了孟为国的黑五类的家庭出身，说他的现行反革命的举动是蓄谋已久的。于是，孟为国被关押了足足三年。更可悲可笑又可爱的是，孟为国在没完没了地书写交代书时，采用的，还是一丝不苟的那个魏碑体！而审查他的人，渐渐忽略了交代书里的内容，竟然还把他的文章当成帖，偷偷地拿回家自己临摹不算，还让儿女去临摹。这些"忠诚的革命战士"几乎都犯下了"爱屋及乌"的老毛病，放松了对孟为国的看管和逼供。后来，他们一个个被上级发现，并被撤换了一茬又一茬。当权者一直搞不明白：中华传统的书法艺术，怎么会像迷幻药一样，具有那么大的魔力！会使那么多的革命战士和群众丧失了斗志和判断力，被其吸引和迷倒？这真是咄咄怪事！令人很快联想到那句不朽的诗句——"引无数英雄竞折腰"！

孟为国的家被抄了两次，除了搜到十几本魏碑字帖外，并没有发现窝藏着什么反动和值钱的玩意儿。而对于初为人妻、人母的陶醉芬来说，不啻是像坐了一回过山车，一下子从天上摔落到地下，度日如年，苦不堪言！

陶醉芬在上下班的路上，除了被人唾骂，还经常被淘气的学生扔过来的小石块所击中，她又决不敢还手。在经历了一番到东海市运输公司替丈夫开脱、求饶的举动无果后，她陷入了困境。娘家不让她回去，自己的家又冷若冰窟。她感到无限的后悔和绝望！下班后，她无数次地咒骂自己，怎么居然傻到会爱上一个只会写魏碑字，无法保护妻子、一无所有的穷小子！这难道是天意？

陶醉芬毕竟年纪轻啊，抱着儿子呆对青灯，熬过无数漫漫长夜的活守寡的日子，实在是普通人所难以承受的！你想啊，她本来是个革命群众，她本人又没做错任何事，凭什么一嫁了人，便成了反革命家属？划到了革命群众的对立面？凭什么让她见人矮三分，丧失做人的尊严？随着孟为国"进去"的时间不断加长，她的忍耐似乎达到了极限，不久，她真的偷偷爱上了同校的一位体育老师，他们悄悄地经常同居。她的面容又开始红润起来……

多亏孟为国的人缘比较好，加上他曾经让公司风光过，关了三年，公司高层还是设法将他从轻发落，让他戴帽重新回到他的油漆车间，去做工人。

孟为国回到家里，本来应该风平浪静了，夫妻也应该破镜重圆了，岂料，却不断遭遇陶醉芬的"家庭暴力"，包括痛骂和暴打两项内容。不要笑，我知道，东海市的男人不少都有过同样的经历！孟为国这才真正体验到了武大郎那受气包的悲惨命运！当然，有压迫就有反抗，于是，夫妻之间的争吵也多了起来。但往往结局就是孟为国举起了白旗，知道为什么吗？因为，儿子的存在！女人可以永不言退，他却不可以，如果再不退却，那么儿子的大哭就永无止尽。这对于小小年纪的儿子心灵的杀伤力将不可估量！所以，人们说，女人是感性动物，男人是理性动物，确实有一定的道理。男人的责任心，就是不一样！

而且，你们也知道，孟为国家庭危机的火药库还远没有暴露出来。孟为国也曾隐隐约约地听说过妻子的不贞行径。幸好，那个体育老师不久也娶了老婆，这才使得孟为国的家庭不至于毁灭，开始过起平静而乏味的生活。

　　"文化大革命"终于结束了，"四人帮"粉碎后的那几天，公司领导又想到了起用孟为国，他们提着水果篮和礼酒上门来赔礼道歉，并答应给他平反，答应给他经济赔偿和困难补助。唯一的要求，就是要老孟重操旧业，带着公司的标语书写组，去书写一批庆贺"四人帮"粉碎的大幅标语。这令陶醉芬非常开心，胸中又涌起对丈夫敬爱的暖流。然而，出乎人们的预料，此项动议遭到了孟为国的断然拒绝！他甚至怒吼道："让我下半辈子平平静静过完，可以吗？！"吓得公司领导落荒而逃。为此，夫妻之间吵了好多天。这回轮到幼小的儿子发声音了："你们再吵架，我就离开这个家！"此举非常有效，老两口立即休战。这就叫"小鬼当家"！

　　其实，此时已经过了下班时间。可蒲鑫街道党工委会议室里，那些年轻的委员听得津津有味。不知道是故意装出来的对何书记的虔诚，还是惦记着晚上的那顿酒席，有几个人就催促道："那么后来呢？"

　　后来，改革开放三十多年中，孟为国去玩股票，也没见他赢过钱，更没有见过他在哪里展示他的书法艺术。知道为什么吗？因为有了电脑，那里面各种魏碑体的字都有，除了不太有灵性外，运用起来，要比请他孟为国来书写要方便许多。再说，还可以节约一笔劳务费开销。

　　可以说，退休后的老孟一无所成，反而成了"啃儿族"。他儿子后来将"孟文革"的名字改成"孟龙飞"。旅日回来后，办了印刷公司，这几年发展得不错，赚了不少的钱，还在郊外买了别墅。而孟为国因为年事已高，也没有其他本事，儿子就安排他在公司里当门卫，偶尔，也请他题写几个书名，但都被老孟一口拒绝。由于跟时代有点脱节，孟为国在看门过程中也闹了不少的笑话，比如，他为公司买来一台便宜的多用途探头，结果，发现是毫无用处的玩具，立即招来母子俩的一顿数落。空下来，他还是故伎重演，就在门房里书写魏碑字，熟悉他的人发现，他的字也已经没有了当年的灵气和潇洒，显得非常笨拙和呆滞。所以，几乎再也没有人会慕名前来请他写字，而孟为国也乐得悠哉游哉。

他老婆陶醉芬却闲不下来，负责公司的部分营销，发了点小财，把自己打扮得珠光宝气，当然也有人背后说她俗不可耐，……但，不管人们怎么看，这个女人还算良心不错，总是让老孟有烟有酒，也不缺零花钱。

东海市蒲鑫街道党工委大楼华灯初上，会议室里还是热气腾腾。

"好啦，喝酒去咯！到那里，我再告诉大家，老孟最近说给我听的被诈骗掉五万块的故事！"何书记一挥手，所有人都站了起来，跟着离开……

耍 横

秋天的下午，阳光和煦，刮了几天大风的缘故，云都被赶跑了。刺眼的阳光透过厚厚的防爆玻璃，照耀在碧波荡漾的泳池上，从而在室内游泳池的各处墙壁上，反射出流动的蓝色的粼粼波光，显得非常神秘，又十分耐看。

高老头总是喜欢在下午一点到三点的区间到游泳池来游泳。令人惊讶的是，这些天来，他总是带着一个小女孩一起来玩水、游泳，他说是她的外孙女，只有三岁。但看上去孩子至少有四五岁。高老头带着她在男浴室里进进出出，弄得光着身子、猝不及防的大老爷们好不尴尬，大多用浴巾和刚脱下来的泳裤挡住下体，讪笑前行。

虽然反感，但碍于面子，没有人站出来指摘或制止高老头的这种有伤风化的行为。他们内心都以为高老头这样做很可能出于无奈——小女孩的父母有可能上班去了，高老头承担了看带孩子的义务。高老头还光着身子帮那个女孩洗澡。终于，曾经当过老师的老胡看不下去了，他在穿好内裤的时候，见高老头带着全裸的小女孩来更衣室，在帮她抹干身体，就发起了牢骚："唉，老高，你怎么把这么大的女孩子带到男浴室来了呢？"

高老头非但没有道歉，反而板起面孔，扯着嗓子说："你又不是这儿的老板，关你什么事？！"老胡这下光火了，他拉开嗓门大声说："你还有理啊？！你没看到这里的男人全光着身子呢？你这样做，不仅害了孩子，还损害了我们男人的隐私和尊严！你连这点道理都不懂？"

高老头一面给女孩穿衣，一面继续回击："隐私和尊严？都一把年纪的老头子了，还把自己当成小鲜肉自恋啊？再说了，这个游泳池规定三岁以下孩子可以带进来的！所以，你完全是在多管闲事！"

老胡没有退让的意思："胡说八道！你这个孩子说是三岁，那是实足的年纪，看上去至少有五岁了！你让这么大的女孩站在男浴室里，叫我们的老脸往哪里搁？"

高老头："你不往我们这边看就没事了！你的思想也太复杂了！"

他们俩的喉咙一个比一个响，很快把小女孩吓哭了。

有一个姓华的老汉打起了圆场："好了，好了，大家都是上了年纪的人了，抬头不见低头见，别争吵了！"然后，他特意规劝老胡："我估计这个女孩的父母都在上班，所以呢，老高就把小孩带来游泳了。得让人时且让人，每个人都有不方便的时候，您说是吧？"

听了这句规劝，老胡已经不响了，而小女孩还是哭个不停。

匪夷所思的一幕发生了，一个三十多岁的女子突然冲进了男浴室，她大吼道："牛牛，妈妈来了！"

她抱住女儿，然后像头母虎一样，用放射着烈焰的目光毫无顾忌地扫视着在场的全部男浴客，吓得这几个光着身子的男人全部傻眼，他们下意识地拿了毛巾或脏衣服迅速捂住了各自的羞处。大家面面相觑，竟紧张得说不出话来。他们万万没有料到，竟然会有年轻女子敢闯进男浴室！也没有想到，原来小女孩的母亲就在门外！那她干吗要让自己的女儿进男浴室洗澡呢？

年轻女子依然不依不饶："告诉妈妈，是谁在欺负你？！"

小女孩指了指老胡。于是，女孩的母亲拉着老胡就往外走。幸好老胡已经穿好了短裤，毫无思想准备的他，居然被这个女人拽到了属于公共空间的走廊上，还不知道说什么好。

年轻女子冲着老胡严厉质问："你为什么要欺负我的女儿？不讲清楚，老娘我不会放你离开这里！"

老胡辩解道："谁欺负你女儿了？我只是说，这么大的女孩在男浴室里进进出出不合适。"甩开女子的手后，老胡生气地说，"什么老娘，老娘的，我至少大你20岁！"

穿好衣服的其他男浴客也纷纷走了出来作证——

"老胡说得对！"

"根本没有人欺负过你女儿！"

"你这个女同志怎么可以闯进男浴室？也太流氓了！"

群情激愤。

这个年轻女子毫无惧色："没有人欺负，我女儿怎么会哭得这么厉害呢？""你们以为人多，就可以以势压人是不是？那我报警了。"接着，她真的掏出手机报了警。

有几个游泳的老者已经被这个奇葩女子激怒，干脆不走了，倒要看看警察如何处理此事。

十分钟不到就来了两个二十岁出头的辅警，他们没有理睬那几个老汉，却将那个报警的女子叫到这家游泳池的办公室了解情况。

那几个老汉也不慌，老胡说："真金不怕火来炼！我倒要看看这个女人怎么恶人先告状的？"

众人点头称是。

但出乎众人意料的是，辅警在花了几分钟时间稍微做了一些调查以后，居然在没有听取几个老汉任何意见的情况下，就把这个要横的女子放走了，高老头在女儿示意下，也悄悄带着外孙女溜走了。

对此，几个老汉都感到诧异。更让他们不解和气愤的是，这两个辅警放走悍妇后，接下来反而批评老胡："嗨，你也这把年纪了，洗洗澡，怎么可以把别人家的女孩子吓哭了呢？这不太好吧？！"

"你们居然听信一面之词？"老胡的脖子红了起来，"她擅自闯进男浴室，你们竟然不管？"

"有这事？"辅警一脸懵懂，"她说你们不但吓哭了小孩，还要谩骂小孩的母亲，所以她不得不报了警。"

"完全是倒打一耙！"老胡气愤地说，"如果我们男人闯进女浴室呢？"

"那绝对犯了流氓罪！"辅警回答，"老先生，你跟我们回警署做个笔录吧！"。

"荒唐！你们把那个犯法的女人轻率地放了，反而让受害者去警署笔录，什么道理？！"老胡瞪着双眼质问，"你们被那个女人的花言巧语给迷住了！"

"……"两个辅警无言以对。

"我明天去找你们所长，有这样出警的吗？"老胡不依不饶。

以后的几天，老胡怕麻烦，也没有去警署，高老头没有再敢带外孙女来游泳。

几个月后，老胡在看《新闻联播》，电视里正好在播放一条社会新闻，一个李姓女子在乘一次高铁时，居然霸座，边上的乘客怎么劝都不予理会，人们只好报警。最后，这个女的被乘警带走。而霸座者，恰恰就是那个闯进男浴室的女人。不过，这次她没有那么幸运了……

老胡推开窗户，深深地吐了一口气，眺望远方，秋日的天空，还是那样清澈高远……

红 颜

　　那是一个春天的早晨，有点凄冷。菊华殡仪馆银河厅。才41岁的凌丽，安静地躺卧在玻璃棺内，身上铺满41朵白色的玫瑰。

　　来了几千个男女老少电视观众，他们都是凌丽的粉丝。还算静谧的悼唁厅外，可以听到女人们在小声地嘀咕："她太年轻了，就这么走了，可惜啊，可惜！"

　　悼唁厅内，凌丽的父母和家人、亲友难抑悲情，哭得稀里哗啦。不知何因，凌丽的才十岁大的儿子，并没有来追悼会现场。

　　大殓结束，几个与凌丽要好的朋友和同学，相约到附近的星巴克一边喝咖啡，一边在表达惋惜之余，聊着凌丽的亦喜亦悲的人生……

　　凌丽就读于东港市的戏剧学院，在戏剧学院读书期间，谈了一个男朋友，这个男朋友是外省昌安市副市长的儿子文辉，也是一个才华横溢却任意妄为的主。这个文辉与凌丽在学校里就谈起了恋爱，据说还同居过，两个人同进同出，显得非常亲密，似乎也不在乎辅导员和同学的非议和警告。

　　年轻的凌丽，长得很端庄，有点像寺庙里供着的观音娘娘，谈不上艳丽，但至少是非常大气、漂亮。她不仅思维敏捷，口才也非常伶俐，就如同她名字的谐音，屡次在学校里的各种演讲比赛、脱口秀比赛上名列前茅。在大学读书的最后一年，她就大胆参加了东港市电视台举办的《东港大学生演讲大赛》，以反应敏捷，既善解人意，又幽默机智，几轮 PK 下来，闯入了前五名。从此以后，她就经常受邀在电视台亮相。

恰如《红楼梦》里《好了歌》所言："好便是了，了便是好。"就在凌丽在东港崭露头角、前程无比灿烂之时，她的男朋友——文辉——就要毕业之前，突然马失前蹄！

那天气温较高，文辉和几个同学在学生宿舍自己的寝室里举办了简易的告别酒会。男生嘛，又是表演系的，好多杯白酒下肚，就开始脱去上衣，醉醺醺地胡言乱语，他们又是唱又是舞，丑态百出。

董凡子平时比较内向，这天喝了口酒突然说道："大家快毕业，就要分手了，有些事得讲讲清楚！"

在场的同学面面相觑："快说啊，啥事啊？"

董凡子向文辉提了一个一般人不敢当面提的问题："文辉，你要老实交代，听说你跟凌丽已经有了，正在打算堕胎？有这事吗？"

同学们都笑了起来，跟着起哄："文辉，交代！文辉，交代！……"

文辉一下子恼羞成怒，脸和脖子涨得血红血红，呵斥道："妈的！这个关你屁事？！"

董凡子毫不怯懦，冷笑着继续发难："你小子不要到时候把人家甩了，另结新欢哦！"

文辉怒吼道："我早就听凌丽说，你对她没安好心！今天，我要让你知道，我文辉不是好惹的！"说时迟，那是快，文辉拿起桌子上削苹果的小刀向对方刺去。

董凡子没有思想准备，未做任何防备，他的左胸被刺中，躺倒在血泊中。这把所有在场的同学吓坏了。有几个同学一边逃跑，一边在走廊里惊叫："杀人啦！杀人啦！"

有同学立即飞奔到学校里的派出所报了警。

而文辉冷静地坐在床上抽着烟,还在骂骂咧咧:"你小子一直在我背后捣鬼,以为我不知道?最近,你不是在参演毕业大戏《王子复仇记》吗?今天我给你演个真人版的!……"

警车和救护车几乎同时抵达。接下来的情节,即便不去描述,看客们也能猜出个大概。

文辉被抓起来以后,尽管其父亲动用了各种关系为他打招呼、求情,到最后,文辉还是被判了死刑,很快就被处决。文辉的父亲为此事一夜急白了头发,还被革了职。其母立即生了重病,几个月后便撒手人寰,悲剧啊!文辉所在的学校也反复将此事作为严重案例对所有学生进行法治教育。

为了保证凌丽毕业后的前程不受影响,父亲凌玄石曾经请了一个月的假,在家看住女儿,不让她去监狱探望即将行刑的文辉。文辉尽管每天都在呼唤"凌丽——",但还是未能如愿。

凌丽是在悲悲切切、恍恍惚惚的心境下离开母校,来到社会上的。天赋极好的她很快被东港市话剧院录用。已经瘦了一圈的凌丽,当然不甘心在各部话剧中跑跑龙套和担任没有几句台词的角色,在师兄师姐的同情和帮助下,她经常在东港市电视台客串一些文艺节目,以此排解心中无尽的寂苦和失落。

凌丽的机会终于来了,东港市电视台开办了一档新栏目,叫《快乐青春》需要招聘一个青春靓丽的女主持。凌丽当仁不让报名参加。几十个佳丽经过激烈的竞争和比拼,凌丽摘得桂冠。《快乐青春》是一个体育竞技类节目,以前在电视里面从来没有看到过。由于导演组的努力和赞助方的支持,播出之后,这档节目迅速蹿红,变成了东港电视台收视率最高的栏目,其广告收益一直在台里面遥遥领先。节目尤其深受广大青少年观众的喜欢。节目中,凌丽端庄大方,反应极快。凌丽的语言既温柔且又处处洋溢着青春气息,很快成了东港老百姓非常喜欢的一个女主持。东港电视台马上出决定,将《快乐青春》这档节目从周播两次改为天天重播。这样一来,凌丽一下子成了东港市的明星,如不化装或戴副墨镜，一上街就被市民认出，又是签名，又是合影，搞得凌丽难以招架。

古人云，福无双至，祸不单行。其实这话并不全对，凌丽的福气并不止于此。就在凌丽在演艺界声名鹊起的时候，另一件好事从天而降，那就是她那个没有子嗣，又在澳门开赌场的大伯突然过世，于是，根据大伯的遗嘱，凌丽和他的哥哥都分到了一个亿的遗产。20世纪末，拥有这么多钱的人，不要说在东港，就是在全国，人数也是寥寥无几。凌丽一下子成了东港的超级富婆！但凌丽兄妹还是比较保守，并未大肆张扬。

不过，熟悉他们的亲友还是看出了他俩已经成为东港大亨的端倪——兄妹俩居然在东港的西郊新落成的大西洋大厦开设了东港有史以来第一个夜总会，叫"夜来香娱乐总汇"。一共租了三层，每一层的面积大概有两三千平方米。底楼是豪华餐厅，二楼是卡拉OK包房、弹子房、棋牌室之类，三楼是影剧场。凌丽的哥哥是董事长，凌丽本人担任总经理。由于兄妹两人缘好，加之当时还没有八项规定，那里的生意非常火。兄妹俩很快就收回了投资，据说还挣了好多钱。

但凌丽在世人面前还是保持低调和谦和，照样在电视台做《快乐青春》，跟导演组关系相当融洽，从不迟到早退耍大牌；照样跟剧组所有人一样吃盒饭；除了上镜，生活中照样不施粉黛、不佩戴昂贵的饰品和手表；开的车，照样还是那辆白色的桑塔纳……一点都不显山露水。

不久，凌丽便被一家大医院的院长于建中看中，一年以后，他俩就在自家的"夜来香"举办了颇具规模的婚礼，凌丽的亲友和同事这才知道，原来大名鼎鼎的《快乐青春》女主持还是这里的老板！令来客们有点错愕的是：于建中稍显老气，举止有点"娘"。也不知道表演系出身、见惯帅哥、审美上颇有眼光的凌丽怎么会作出这样的抉择？

还是电视台心理咨询节目女嘉宾主持黄美伊教授的分析比较靠谱——凌

丽第一次恋爱，吃的就是帅哥（指的是文辉）的亏！所以……大家听后觉得颇有道理。

次年，凌丽与于建中便育下一个儿子。令人们大跌眼镜的是，凌丽与于建中的这段婚姻只维持了四年。表面的原因是两个人聚少离多。于建中三天两头要去北京、各地和国外开会、讲学。凌丽既要带孩子，又要忙于出镜和排演节目，疲惫至极，所以心境极其糟糕。夫妻之间渐渐产生隔阂，变得冷漠不堪。深层的原因，也不排除坊间流传的：凌丽的婆婆在得知文辉事件的始末之后，对于媳妇的鄙视；已经大红大紫的凌丽这边，对于丈夫不懂得浪漫，不够男性化，在最要好的闺蜜面前也曾流露过懊悔之言……种种原因加起来，两个人后来还是平静而客客气气地分了手。

真所谓："天生我材必有用。"凌丽与于建中分手以后，感情这片土地荒芜着，事业上还是颇有建树，由于演技出众和人缘好，她在话剧院被评上了二级演员，相当于副教授。

凌丽的财运也没得说，知名度颇高的她，每个月各单位、各地的主持约单不断，加上"夜来香"的进账，凌丽的月收入大多数超过 50 万元。

已到 21 世纪初了，从"夜来香"的租金年年看涨，凌丽领悟到了房产的真正价值和厉害，她开始热衷四处看房子。那会儿国家还没有出台限购政策，房价还算比较便宜。凌丽的闺蜜细细刚从国外回来，还没找到工作，整天陪着她。

那天下午，来到了豪华的"郁金公寓"售楼处的花园里，两个人坐在太阳伞下的藤椅上，一边品尝着免费咖啡和西点，一边聊天。

她的闺蜜细细好言相劝："其实，一个人住一套房就足够了，买几套房也是闲置着，多浪费啊。"

凌丽笑着回答："你不知道，我有一个嗜好，就是特别喜欢闻到新房间的油漆味！"

细细不解："这是什么毛病啊？你居然还有这种爱好？"

　　"这个你就不懂了。我每踏进一处新房，一闻到油漆味，我就觉得自己的事业又获得了新的成功！于是，我对自己的前途充满了希望！"凌丽自豪地眺望远方，若有所思喃喃地说。

　　"原来如此！但你不知道这油漆味其实主要是甲醛，有毒的！"

　　"那我不管。"凌丽自信地回答。

　　接着，凌丽又带着细细，驱车去看望《快乐青春》的导演李慕白。在那里，凌丽发现李导演所居住的"大都会花园"属于外销房，不仅装修豪华精致，周边环境非常优美，出行也很方便。许多社会名流都在那里置下了房产。

　　凌丽看了之后，甚为心动。在售楼小姐的引领下，浏览了几个楼层后，她带着细细立即找到售楼处的宫孝经理："宫经理，你们的房子不错，如果能够优惠点，比如打个九折，我就想买了……"

　　宫孝一看是电视台名人，马上笑嘻嘻地点头回答："好说好说，凌老师，您稍等，我马上请示一下我们老板！"

　　老板居然同意了。于是凌丽兴奋异常，一下子把20层整个楼面的4套房子全部买了下来。原本总价1200万元不到，而老板只收了她1000万元。凌丽一下子签了约，并付清定金。

　　宫孝在高兴之余，自言自语道："原来，电视台的主持人这么有钱啊？等我女儿长大了，我也要培养她去当主持人！"

　　凌丽则带着细细再次去仔细观摩新房子。在那里，凌丽做着深呼吸，拉着细细的双手，一边旋转，一边又跳又唱："百灵鸟从蓝天飞过，我爱你中国，我爱你中国……"

　　细细很快松开手，嗔怪道："堂堂主持人变成疯丫头了！我头都晕了！"

　　不久，极其仗义的细细在一次朋友聚会上，与气色轩昂的老同学古宜正重逢，大家相谈甚欢。

　　交谈中，细细获悉，已经过了不惑之年的古宜正开着一家审计公司，身价过亿元。不料原配妻子在前年出车祸去世。现在古宜正单身一人。古宜正也问起细细是否成家。

细细心底里喜欢这个古宜正，但自惭形秽。感恩于凌丽对自己的多方照顾，她心一热，就把凌丽推给了古宜正。想不到这个古宜正的心弦竟然被拨动，非常着急地要求细细落实此事。细细雷厉风行，回家路上，就将此事向凌丽汇报。

凌丽是个善良、爽快的女人，答应说："你去安排吧，可以见见面，看看大家来不来电？"

"你这家伙，有点猴急了吧？"细细笑着继续调侃，"如果真的是个淑女，会说'以后再说吧。人家现在还没缓过神来。'"

凌丽愠怒道："好，你揶揄我，看我怎么收拾你！"

此后，凌丽非但没有收拾细细，反而与古宜正一见钟情。半年后，他俩悄悄地实施了小范围西式的教堂婚礼。婚后，两人如胶似漆。

凌丽各方面的事业如火如荼，唯一令凌丽不快的是，可能是营养过好，加之婚姻美满，她的体型竟然像掺入发酵粉的面团，渐渐膨胀开来。镜头上，她的脸由原先的瓜子脸逐渐演变成大饼脸。

一年后的一天傍晚，彩霞满天，甚是壮观。凌丽到电视台录节目，在演播厅门口正好遇到章台长。

章台长笑眯眯地对凌丽发出警告："凌丽啊，你怎么越来越胖了？不瞒你说，我已经收到许多观众的抱怨。已经影响到节目的收视率了，我们领导班子也在考虑换主持人的问题，除非你自己快点减肥！"

凌丽的心猛地一跳："好的，我记住了。"她哪敢反驳啊，毕竟，自己是电视台捧红的，哪怕有了钱，她还是很在乎这份工作的。

凌丽开始到东港几家大医院看病，但是他们开出的减肥药，吃了似乎不管用。于是，在亲友们的帮助下，她买来了美、日、德多种昂贵的减肥药。十天不见效，就换一种服用。

她还买来进口的甩脂机、跑步机和磅秤。每天花上两个多小时在家里锻炼，然后去测量体重。令她沮丧的是，锻炼的结果，竟使她胃口大开，体重不但没有下来，反而有所增加。

她开始不吃饭，只吃减肥药和少量的菜。体重确实慢慢下来了，皮肤却变得越来越皱、暗淡而缺乏光泽，体力也明显不如从前。有一次录节目，凌丽眼前突冒金星，竟晕倒在演播厅的舞台上。

古宜正满脸愁容，诚恳地对她说："胖就胖点，碍着谁了？上不了荧屏，没关系的，我永远不会嫌弃你！咱们俩好就行了。对不对？"

不料，凌丽大光其火，怒吼道："你懂什么？！你不知道上镜对于我有多重要？"

古宜正从来没有见过夫人会发这么大的火，吓得他赶紧躲进书房。

凌丽又去一家三级甲等医院检查，医生在看了各种检查报告，并问清了全部细节后，做出了如下判断："基本上是药物中毒，就是多种减肥药服用后产生冲突，使得你的免疫系统遭到严重损坏，你的好几个脏器，尤其是胰腺都出了问题。你应该马上停止服用所有的减肥药！"

但凌丽哪里听得进去，想想自己还年轻，还要出镜，怎么可能不服减肥药呢？既然医生提醒了，那我只服一两种减肥药总可以了吧？

但，一切已经晚了。三四个月后，凌丽病态毕露，虽然人消瘦了下来，但四肢无力，皮肤松懈，记忆力下降，老得像个年过半百的村妇。终于，电视台领导忍无可忍，将其辞退。

其时凌丽虽想为自己申辩，却已无缚鸡之力。体内的药物仍在发生冲突，她不想进食，无法入睡，每晚长吁短叹。古宜正尽管不离不弃，但也被搅得惊慌失措，不知怎么办才好。

一个月后，凌丽被抬进了医院，此时，她的相貌已经严重变形，非常难看，所以，她拒绝任何亲友的探望，生怕吓着了他们。

仅仅几天之后，她又被送入重症监护病房，再也没有活着出来。

古宜正守候在病房门口，每次见了主治医生都会含泪央求："你们无论如何要救她一命，我们不在乎钱！"

"绝对不是钱的问题。"主治医生总是平静地回答，"你们送来得太晚了！"

一周之后，凌丽走了，为了不让儿子看到自己母亲的惨状，外公将他送到自己妹妹家中栖居。而古宜正也病得卧床不起，连大殓都未能到场。

凌丽的命运实在令人扼腕……

到底何求？

她想让自己的脸上带点微笑，但内心总有一丝苦涩在不断地涌出，就像以前住的别墅前面的那条小河，里面老是有气泡在冒出，"扑通，扑通"的。驾着普桑车，一路上，她不断地在向自己发问："与赵振屏离婚，值吗？我，到底何求？"

她叫雨燕丽，一个三十岁出头的女子。今天，她穿着一身灰色的呢料的新款裙装，领口处露出镶有花边的白色衣领，一条红色的玛瑙项链，非常显眼。虽然相貌平平，化的又是淡妆，但雨燕丽仍然给人打扮得体，气质高贵的感觉。显然，她是属于那种白领女性当中比较会打扮的一类。

她现在要去的地方，就是那幢结婚后住了十年的别墅，位于江南名镇九宝附近的农村，前夫赵振屏的家。她原先的公婆在那里建有两幢别墅，面积和外观都是由当地政府规定的，360 平方米。一共分上下三层。他们那幢别墅，是结婚时，公婆送给他们住的，装潢得相当豪华。红木家具，各种家用电器一应俱全，连乡下人几乎不太会买的几万元的按摩椅，都配备了。这幢别墅，按照现在的市价，应该在 400 万元以上。她和赵振屏的婚房在二楼的东南角，已经10 岁的儿子赵量量，住在二楼的西厢房里。这儿，由于不是开发商建造的小区，没有请物业公司来管理，所以，没有经设计的绿化和其他公共设施，当然，也无需每月去缴纳物业费。对住户来说，居住社区虽属低档，却非常实惠。但是，现在这里已经物是人非，她的心里感到有点酸酸的。她把自己的座驾停在了镇上一家超市的门口，因为回家那段五六分钟的路上，要经过两座很窄的无护栏的水泥桥。她担心自己现在的心境下，有可能会把汽车开入河中。

根据两周之前与赵振屏达成的最终离婚协议，她只能每半个月去探望亲生儿子一次。她这次协议离婚，完全属于"裸离"。因为，离婚是她主动要求的，因此，她放弃了对男方家庭的任何经济要求。她唯一的精神要求就是，允许她一个月能够来探望儿子两次；每次探访的时间为六小时；地点，规定在九宝地区。她本以为，赵家对这个要求不会有异议。她担心被否定的是这样一项由她承诺的安排：她每月付500元抚养费给儿子。她预计，赵家会嫌给得太少。她想好了辩解的理由：我已辞去工作，仅靠积蓄过日子。然而，赵振屏并没有在此问题上跟她纠缠不清，只是指责："你是在婚前辞职的，根本没有征得我的同意！"婆婆则拒收这笔抚养费，她反问道："我们反对离婚，难道是为了钱吗？你清楚，自从嫁到我们赵家来后，我们没有向你要过一分钱！"是的，赵家是开过工厂的，不在乎这点小钱。而她，如果不去打麻将，私房钱的总额已远远超过100万元，但赵家也没有来追究。现在看来，付儿子抚养费的事，其实是多余的担心。她原本并不担心的探视权，却发生了麻烦。原先婆家的人，包括她的前夫赵振屏，都答应了她今后的探视要求。但是，不出几天工夫，他们就变卦了。他们提出，所有的探望，都不能跨出赵家的大门，也就是说，必须在他们的视线之内；而且探望的时间，不得超过三小时。她当时表示坚决反对，但是婆家的声音更大，若不答应设置这条底线，就不许离婚！赵振屏的伯伯，一个从来对别人家庭不发表任何意见的农夫，甚至指着她的鼻子骂："你这个不要脸的，你离开赵家就离开了，还要来探望儿子干吗？作为母亲，竟然舍弃下自己的儿子，你的心有多狠啊？现在，你还有脸回来？你不怕将来被长大以后的儿子痛骂，甚至殴打吗？还要带儿子出去六小时，你想把儿子拐走啊？不行！现在我们赵家摊明了说，可以允许你来探望，但不许你离开我们的视线！

想要把我们赵家的根——量量带走，超出我们的视线，没门！"

这对雨燕丽来说，是没有料到的打击，触到了她内心的痛处。她当初提出离婚，根本没有想到离婚会这么复杂，连探望自己亲生儿子都会变得这么困难！原本，她仅仅是惦着小唐对自己的深爱；他的越来越强烈的催促；想到可以跟小唐顺利地步入再婚的殿堂；两人将来可以跟小唐堂而皇之地出没于闹市的街头和所有好玩的地方；想到可以与有共同语言的小唐无拘无束地耳鬓厮磨、一辈子生活在一起……她最终还是坚定地在这样的离婚协议书上签了字。而之前由她草拟的离婚协议书，被当众撕毁了。

跨过两座石桥，她听到了自己的心脏"砰砰"的跳动。她原来打算，今天到别墅的那三个小时这样安排——第一个小时，先陪儿子吃顿饭。这些菜是她早就烧好，特地带来的。之前，她明明会做饭，却从来没有踏进过庖厨。婆婆爱护她，进赵家门后，她没有做过任何家务；第二个小时，她想给儿子补习一下英语，听说儿子现在的英语成绩直线下降；第三个小时，她想跟儿子进行一下思想沟通，因为，妈妈的许多原始思想，儿子是不清楚的，所以，极其有必要让他了解一下妈妈的心怀。

她是十点钟赶到那幢别墅的，到了那里以后，她发现，赵家的人如临大敌。振屏的伯伯、伯母，还有那些有着叔伯关系的小姑、侄子，如同电视剧《潜伏》里面训练有素的特工，把别墅的四周都紧紧地围住了。他们有的拿了躺椅，坐在一边听 MP3；几个女的拿着小板凳，在别墅不远处的花园里、墙角边，打着毛线，聊着家常；有几个男孩在庭院外的水泥凳上，下着象棋；婆婆干脆拿着一张靠椅，像卫兵一样地坐在门口，手里什么东西都没有拿，抱着胸、噘着个嘴，看着她进去。她当时看到婆婆的时候，说了一声："妈妈，我回来了！"婆婆几乎没有反应。她注意到，婆婆的头发又长了出来，但是，颜色是灰白的。"怎么回事？"但她未去探究。她哪里知道，赵振屏的妈妈为了小两口的事，一年之前，急得一月之内几乎变成了秃头，不得不去买了个发套。然后，花了大价钱，去看名中医，吃了几十服中药后，才逐步长出头发。但现在长出来的，全是灰白色的头发。看上去，人顿时老了十多岁！雨燕丽虽有点歉疚，但她也没有去细想。

以前，婆婆待她非常之好。只要她一回来，就给她递上茶水，还端来洗脸水，把许多糖果、水果放在他们客厅的茶几上。可现在呢，仅仅用眼角瞄了她一眼，鼻子里轻轻"嗯"了一声，再也没有往日的热情。听邻居讲，赵振屏开着车子也不知道到什么地方去了，显然他是不愿意与她照面。公公呢，在窗口看到她，只是冷冷地跟她打了一声招呼："你回来啦？"她说："回来了，爸爸。"然后，那老头就在不远处的一棵树下，开始靠着树抽烟，好像在思索着什么。

进了门以后，按照往常，儿子量量肯定会扑到她的怀里。尽管量量已经进了小学，却还是像小姑娘一样，会和妈妈撒撒娇，还热望着妈妈捧着他的脸蛋亲吻一下。可是今天呢，她推门进去，儿子居然不在！于是，她高声喊道："量量，量量，妈妈回来了！"但是，还是没有听到量量的回音。她赶紧往楼上走，走之前，她把自己的皮鞋脱了下来，换了一双软底鞋，这样可以不把外面鞋子上的尘土带到楼上去。话又说回来了，以前她这样做，婆婆会把她的皮鞋擦亮后安放好。今天，婆婆坐在门外，看着这一切，却纹丝不动，雨燕丽顿时觉得心里面多了一分悲凉。她赶紧往上走，她没有走进自己原先的洞房里去看一下，而是直接跨进儿子住的西厢房，看看他到底在干什么。结果，她发现儿子不在，床上却叠得整整齐齐，不用问，那肯定是婆婆干的。然后她又赶到东厢房，以为儿子在那儿等他，结果发现房间里面也是空空荡荡，结婚时的那些摆设大多还在，而且整理得整整齐齐。只不过床上只放了一条被子，一个枕头。所有的婚纱照显然已经被打包了，而且也不知道藏到哪儿去了。梳妆台上的笔记本电脑也不知道放到哪儿去了。尽管她每次都小心翼翼地把聊天记录删掉，但是，说不定还有一些她和小唐的对话尚未被清除。因为，有几次，当她例假来的时候，由于小腹的剧烈疼痛，她没有关机，就去医院挂急诊。很有可能，那些不设防的聊天记录被储存了下来。今天，她赶过来的另一个原因，就是想把那些东西删掉。但是，看来，今天是没有时间去寻找那个笔记本电脑了。

她立即奔上三楼去，并大声呼喊："量量，量量！妈妈回来了。"

量量是找到了，他在三楼的书房里面，在做功课。看到妈妈回来了，他再也没有像往常那样的亲热，只是冷冷地说了一句："我早就听见你在叫我了。"

"那你为什么不回一声呀？你怎么这么没有规矩？！"

儿子继续用橡皮擦笔记本上的字，轻轻地反问了一句："有这个必要吗？"

确实，中国有句俗话叫作"人一走，茶就凉"。但是她没有料到，儿子对母亲养育十年感恩的这杯茶，凉得会这么快！

其实，这种迹象早就显露出来了。记得，她离家出走的一两个月间，儿子还天天打她的手机，然后，向她哭诉对妈妈的思念之情。他哽咽道："我背着书包到学校去的时候，心里面老是在想妈妈，不当心被助动车撞了一下，幸亏只是擦破点皮。""还有一次，由于在想妈妈，课间休息，我莫名其妙地走进了女厕所，之后招来了全班同学的嘲笑。幸亏班主任陈老师说了一下：'不许这样嘲笑量量，他不是故意的。知道吗，他的妈妈离家出走了！他在思念妈妈，所以才有这样的闪失。希望同学们能够谅解他！'"儿子量量说，他永远感谢陈老师，因为陈老师帮他解了围。陈老师是一个女老师，听说她也离过婚，所以，特别能理解个中的原因。电话这一头的她，听着听着，早已成了泪人。儿子的成绩本来在班上属于中上。老师们都认为量量非常聪明。但是现在呢，自从雨燕丽离家出走，孩子的神情经常有些呆滞，脸上再也没有往日的笑容。雨燕丽想到这点，不无愧疚，但也没有办法，情感之路走到这一步，是无论如何都得跨过去的。

雨燕丽只得吞下被儿子抢白的这口恶气，她略显夸张地、亲热地抚摸了一下量量的头，她说："量量，妈妈给你做了许多好吃的东西，我们一起到下面客厅里去吃饭吧。妈妈三个小时之后就要离开，所以我们赶紧先去吃饭。吃好饭以后，妈妈再来给你补习外语，好吗？"

儿子用冷峻的眼光瞥了一下妈妈："有这个必要吗？"

又是一句"有这个必要吗？"肯定是赵家的大人教的！雨燕丽本来想发作，但眼下自己势单力薄，她只得忍了。但眼角里面滞留了好久的泪水，还是不争气地流了下来。她用手绢抹了抹，清了清嗓子说："量量，这么不给妈妈面子吗？"

想不到这句话竟然遭到量量的反驳，这是从来没有过的！量量似乎因父母离婚一下子变成了大人。他说："那你给我什么面子？我苦苦哀求你不要离婚，不要让我成为没有妈妈的孩子，你听进去了吗？你让我在同学和邻居面前丢尽了脸，你难道不知道这一切吗？！"

听了这话，雨燕丽的泪水再也止不住了，它们像断了线的珠子唰唰唰地飞流直下。她赶紧用餐巾纸把这些泪水擦干。她说："那好，妈妈看着你做功课。"

儿子不为所动，沉默了一下后说："这样，影响我做功课了！我会写错字。你最好回到自己的房间里去。"

儿子的这句话，其实是说得有偏差的，那个东厢房，其实早已不属于她了，根本谈不上"自己的房间"。

雨燕丽轻轻地说："那妈妈在边上看一下吧，这个权利，你总不能剥夺我了吧？"

量量冷冷地说："那你不要发出任何声音，我的功课要来不及做了！"

"好吧，我不影响你！"雨燕丽拿了一张靠椅，坐在离儿子两米左右的地方。

这个书房，以前儿子不常来。那是前夫赵振屏玩电脑的地方。振屏呢，是一个怪人，怪在什么地方呢？他毕业于体育学院，这在九宝当地的农村极为罕见。振屏人长得英俊，从小体育成绩特别出众，在当地学校，后来在县里，只要举行体育比赛，振屏都可以在 100 米、跳高、跳远、铅球等项目上拿第一、第二名。念完高中，振屏对读书似乎也不是特别感兴趣，于是和家人商讨之后，做出了在当地人看来很奇特的决定，就是去报考体育学院。结果呢，也居然考上了。

一般考体育学院的人，都被认为是那种四肢发达，头脑简单的人。但振屏怪就怪在他四肢发达，头脑却并不简单，他对计算机软硬件十分的精通。他家里换过好多台电脑，都是振屏拿着父母给的零花钱，到数码广场买了很多零件来亲手组装的。他对电脑的熟悉程度，在体育学院的学生当中非常少见。而且，他除了会组装电脑以外，还掌握了一门特异的本领，就是掌握了黑客技术。

有一次，他问雨燕丽："你进公司比我早好几年，你说说看，老板待你好不好？"

燕丽告诉他："还可以吧。你什么意思？"

"还可以，那就算了。如果你觉得老板待你不好，做过无端伤害你的事情，那你跟我说一声，我去把公司的网络黑掉！叫他花大价钱请人来修复！"

雨燕丽当初看中他的，就是觉得他太有才了，长得又英俊，太讨人喜欢了。于是，便跟已经谈了三年的姓倪的男友分手，与赵振屏好上了。她就是这样一个我行我素的女性！

见儿子埋头做功课，她便站起身来。在书房的墙壁上，挂着一张她从未见过的照片。这是赵振屏的半身像，大概是最近拍摄的，背景是黑的，轮廓的光打得很好，属于低调照。尽管一脸的严肃，但还是很英俊。老实讲，小唐的相貌要比他差一些，但小唐的口才却是惊人的好，非常能体贴人。想当初雨燕丽爱上振屏的时候，在本公司里面有很多姑娘在追赵振屏。但赵振屏对她们采取的是等距离的外交，若即若离。雨燕丽的年龄，其实要比振屏大两岁，她已经做到了那家外资企业的部门经理，英语特别好。她仅仅花了一年的时间，就把赵振屏追到了手。她谦卑地向他讨教电脑技术，讨好地教他英语，主动地找他聊天。振屏所说的一切，她都认为十分的美好。尤其听说赵振屏在大学期间，曾经荣获过"中国跆拳道大赛"的亚军，她钦佩得五体投地。所以，跟他在一起，她特别有安全感。

看到量量还是没有理睬她的意思，她坐到了写字台旁边的红木靠椅上。突然，古董架上的一个小摆设，又勾起了她的回忆。那是一只海螺，这种海螺出自南海，非常名贵，价值上千元，人称"鹦鹉螺"，因为它的造型有点像鹦鹉的头。

这个鹦鹉螺，是当年赵振屏从海南岛旅游回来特地送给她的。那天，振屏来到她的娘家，向她的爸爸妈妈公开了他们之间的恋情，并发誓要娶她。振屏甚至当着她父母的面，单腿跪地，向她求爱。

他说："燕丽，你嫁给我吧？"

燕丽的父母在边上默默地看着，非常激动，也非常感动。燕丽满心欢喜地允许他把戒指戴到了她的手上。然后扶他起来，他就从包里拿出了这个精美的鹦鹉螺。那天，他们就确定了结婚的信念。一连几个晚上，燕丽带着振屏走遍了她的主要亲戚的家。

燕丽的嬢嬢看到这个小伙子非常的喜欢，觉得他长得非常英俊。所以那天送他们出门的时候，嬢嬢说："燕丽啊，你要珍惜这份爱情啊，说句难听的，这个小伙子亏了，你相貌平平，而振屏在男人当中，绝对可以打到90分的！"

她自从嫁给了赵振屏之后，公婆对她特别的好。每天早上起来，她甚至还没有叠被子，她的婆婆就对她说，快去吃早饭吧，赶紧要上班了吧，早饭已经烧好了，就在桌上，揭开盖就可以吃了。然后等到她到了别墅的客厅里，荷包蛋已经煎好了，公公每天一早到九宝镇上买来生煎馒头、糕团，点心，天天不重样。但是她最喜欢喝的还是公婆用上好的大米熬成的粥。等她吃好早饭，婆婆已经把她的房间收拾得干干净净，被子也叠好了。另外，她换下来的内衣内裤，甚至于小夫妻晚上做爱时所用的毛巾，她都一并扔到洗衣机里就开始洗起来。等到她拎着包出门，振屏已经开着奥迪在门口等待她，然后一溜烟地就送她去了公司。

振屏现在的工作是在华夏航空公司里面担任空中警察，而且还是教官。五年前，当华夏航空公司刚组建空警队伍的时候，在报纸上登了招聘广告，是雨燕丽力劝振屏去报考的。振屏一考，就立即被录用了。从此，小家庭收入一下子有了大幅提高，但是，情感的危机却慢慢地产生了，正应着了老子所言："福兮祸所伏。"

振屏进了华夏航空公司以后，一开始，夫妻感情尚好。有好几次，两个人在做爱的时候，振屏说："我真的是非常爱你的！说句掏心掏肺的话，在华航里面，有许多女孩子，经常过来主动骚扰我，在已经知道我有家室的情况下，还是不断地向我献媚，甚至于还有给我情书的。"

燕丽就不高兴了，说："快拿给我看！"

振屏笑笑说："都给我撕掉了，人家也没有什么错，只不过我会犯错。我不会伤害人家，所以，把这些东西都处理掉了。"

这时候，燕丽就把丈夫搂入自己的怀里，激动地已经哭出来了。

振屏就问她："老婆，为什么哭啊？委屈了？"

雨燕丽回答："哎，不是委屈，人家是在感动呢！"

可是很快，振屏由于工作出色，在华夏航空公司里当上了部门领导——空警的教头。美国"9•11"事件之后，反恐压倒一切，因此，振屏的工作十分繁忙。下班回来，往往都是下半夜。振屏稍微跟她亲热一下，就自顾自地睡着了。这使得等候了他大半天的雨燕丽十分不满。第二天，振屏一睡醒，大多数情况下，已经没有闲暇再将她送到公司去，而是驾着奥迪，一溜烟开往机场。她只得自己驾着夫家买的另一辆日产车去单位。周而复始，她觉得生活索然无味。

想到这些，她"唉"地叹了一口气。她低声下气地问儿子："量量，我们说说话好吗？"

儿子又瞪了她一眼："我不是跟你说过了吗？我在做功课，等我做好功课再说吧！"

雨燕丽心里又感到一阵悲哀。因为，儿子以前十分的孝顺，从来没有用过这种语气跟她说话。现在有什么办法？谁让她跟振屏闹翻，非要离开这个家庭不可呢？

雨燕丽自然很失望，一个人站起身来，在书房里面看了起来。记得书房里，本来每一个橱窗里面，都有雨燕丽和振屏的合照，或雨燕丽单人的一些非常美好的照片。有几张照片已经做成了小镜框，是儿子在不同时期拍的娃娃照，也有雨燕丽抱着儿子逗乐的照片。有一张在比较阴暗的角落里的，是振屏拍的雨燕丽给儿子喂奶的照片。这张照片现在也不见了。雨燕丽又叹了一口气。

她觉得时间差不多了，又回到儿子身边。儿子仍然埋头做作业，雨燕丽轻声对儿子说："量量，作业做得怎么样了？"

儿子说："差不多做好了。"

"那行，我教教你英语吧，听说你的英语已经跌到了班级最后一名。"雨燕丽非常沉重地说。

想不到儿子忽然"哼"的一声："哦？你也知道啦？"

"你为什么不来问问我呢？"雨燕丽嗔怪道。

儿子说："我找不到你呀！你长期不回家，心中只有你自己，你又没有把我放在心上！"

雨燕丽无言以对："那行，你把你的课本拿出来吧。"雨燕丽准备花点时间教儿子英语。

想不到儿子说："我要去大便！"然后，头也不回地走进了洗手间。"砰"的一声，把门紧紧地闩上。

这孩子怎么了？这么没有情义！雨燕丽有点生气。她只得起身去看墙上那些以前未见过的照片。首先映入眼帘的是婆婆的大幅照片。说实话，她对婆婆绝对恨不起来。她甚至有某种失落。因为，现在的婆婆，也就是小唐的妈妈，其品性较之赵家父母，似乎有天壤之别——唐家婆婆吝啬、精怪、冷漠，是个厉害的角色，从来没有将她燕丽放在眼里。而赵家的婆婆有点像雷锋，刻意奉献，爱护小辈到了无微不至的境地。她有一次在门外隐隐约约地听到新的婆婆在对新的公公嚷道："她还要拆散几个家庭？"这个"她"，一定指的是自己，吓得燕丽赶紧离去。

"天壤之别"还远没有到此为止，雨燕丽原先住的是 360 平方米的新别墅，而现在住的竟是：新的公婆用 30% 按揭贷款，买给他俩的一房一厅的旧公房！其余的贷款要小两口自己去还！这间住房历史悠久，建造于"文革"期间，绝无防震的可能！雨燕丽在这个 30 多平方米的屋檐下，开始自己料理起家务。"好在是嫁给小唐，而不是小唐的父母！"雨燕丽老是用这句话来安慰自己。

其实，跟小唐好上，也是很自然的事情。自从振屏考进了华夏航空公司之后，他总是早出晚归。有时，跑欧美航线，甚至几天不归。这简直是在折磨她！三十岁出头的她，内心承认自己感情和精力特别旺盛，但哪个同龄的女人不是这样呢？如果家务忙乎一些，或许能分散一些注意力，而赵家婆婆偏偏不让她干家务。下班回家，她天天无所事事，于是，她常常嘲讽自己："活守寡！"

每天晚饭后，她开始到邻居家去打麻将。后来，麻将越打越远，每局的赌资也越拉越高。那段时间，她像吸毒的人那样，毒瘾越来越大。最后，输得太多了，她有点厌倦这种刺激了，于是，她选择了去交大读 EMBA 研究生（高级工商管理硕士），这也是他们公司愿意出资供她学习的课程，准备培养她。在交大学习的过程中，她认识了一个老是瞅着她看的同班同学。这个人姓唐，也就是现在的丈夫，叫唐骏。她的人生轨迹从此彻底改变。

开始，是在一个同学的派对上，两个人聊得很投机。后来他们觉得不满足，就去外面泡吧，越聊越起劲，有说不完的话，有合不拢嘴的欢笑。但是很可惜，唐骏其实也是有妻子的，这是她后来才知道的。

他们的第一次出轨，是随着班里的同学到长山脚的某一个温泉度假。那天晚上，两个人动了真情，趁着同学们到外面打麻将的时候，在唐骏的房间里面，有了第一次亲密的肌肤接触。这次接触使得雨燕丽心花怒放，但是更多的是一种负罪的感觉。但是这种感觉，总是压不住那长期压抑在她脑海深处的，追求个性解放，追求新的生活，追求新的刺激，追求甜言蜜语的火焰。而这一切，以前振屏给她确实很少、很少。唐骏不一样，他能说会道，特别擅长说笑话，舍得在她身上花时间。当然不久，事情就败露了，唐骏的妻子吵闹到她的公司里来，当众差点扒下了她的上衣。她是极要面子的人，所以赶紧辞职。到了这时，她才知道自己居然是"小三"！不久，又尝到了没有经济来源，每天要动用积蓄的苦涩……

雨燕丽不敢再想下去，立即把心思转移到儿子身上，她想说："怎么解手要解这么长时间？"

她就跑到厕所门口，"砰，砰，砰"敲了几下门："好了吗？"

谁料儿子说："没有！"

"哎呀，你怎么在洗手间要呆上这么长的时间啊？都快臭死了！"

不料儿子竟回答一句："我臭吗？你做的事不是更臭吗？你做的，哪儿像妈妈应该做的事呢？"

这下，把雨燕丽本来想骂的几句话又噎住了。她轻轻地踢了踢门："别瞎说！赶紧出来！"然后，悄悄地离开了。

她本来想到阳台上去看看外面的花园，其他人家的那些别墅，还有门前的这条小河，那涟漪微荡的美景。但她还是放弃了这样的想法。为什么呢？她怕走到阳台上被振屏的一些亲戚看到。她怕见到他们，因为他们对她抱有敌意，老是用眼睛瞄她。几个婶婶看到她还会嗤之以鼻："哼，不要脸的！"她何必自讨没趣呢？她只能在走廊上踱步。问题确实很严重！现在，连儿子也认为妈妈做了丑事。肯定是婆婆把真相告诉了量量！

其实，早在三年之前，婆婆就已经看出了她红杏出墙的端倪，但是婆婆的德性就在于，婆婆并没有把此事立即告诉振屏，更不要说，会告诉量量。当她和小唐打得火热时，有时候甚至于几天不回家。当婆婆问及，她就借口说，到娘家去看望看望父母。她的娘家离他们九宝的家，毕竟有50多公里，去看望自己的父母晚了，在自己的娘家过夜，不回来，这也是很正常的事情。

一开始，婆婆没有怀疑，但是后来，毕竟大家都是女人。振屏外出几天后，燕丽都要往身上多洒些香水，甚至于出门都要戴上各色围巾，及佩戴其他花哨的装饰。这就使得婆婆都会用异样的眼光来扫描她，这时燕丽感到很心虚，而且躲躲闪闪，而这一切恰恰更加重了婆婆的疑心。不久呢，就像传染病一样，连公公都用异样的眼光来打量她。她自知理亏，所以也不去责怪他们，她不想把事态扩大。婆婆有时候会旁敲侧击地对她说："燕丽啊，你要注意影响哦。千好万好，不如自家的狗窝好！"

往往这时候，燕丽就反问婆婆："妈妈，我只是到朋友那里打打麻将，有什么地方做得不对吗？"

婆婆说："没有没有，我只是人老了，自言自语罢了。"几乎与此同时，婆婆开始大把大把地掉头发。

一直到一年前，赵振屏终于觉察了她的离心倾向，于是夫妻之间的争执开始了。而每次，只要他们吵架的声音稍微大一些，婆婆和公公似乎24小时都在门外值班，立即会敲门进来阻止。有时，她会内心暗暗发笑，公婆俨然像西方拳击台上那个佩戴黑色领结，不断呵斥、制止双方的裁判。为此，雨燕丽曾经想过——"赵振屏啊赵振屏，你何必文质彬彬不敢动手呢？一开始，你只要能够痛打我一顿，或许，我就会吓得不敢闹离婚了……"但是，这位跆拳道高手是个大孝子，他在母亲的反复制止下，几年来，从来没有动过她一根毫毛！……

雨燕丽还没有来得及再想下去，儿子却摇摇晃晃地从洗手间里走了出来。

雨燕丽看看墙上的电钟，已经过去快两个小时了。"儿子啊，我也不教你英语了，我看你也怕学习的，这样吧，我带来一些好吃的东西，我们一起吃午饭吧。"

"在什么地方吃啊？"儿子冷冷地问。

"就在这吧，省得他们见了我讨厌。"

儿子不置可否地坐下，也并没有去看自己的妈妈。

燕丽把写字台上的书本收到一边去，然后，把自己带来的几盒精美的小菜拿了出来。

第一个小菜是油爆虾，她亲手做的。其实，在婆家的时候，她是从来不做菜的，但这次不一样，是做给儿子吃的，所以她亲自去菜场，买了很大的活虾，亲手烹调，味道肯定不错。

第二个，是儿子喜欢吃的糖醋小排骨，这也是她特地去挑选的。这种排骨，骨小肉多，很酥，很嫩。她把酱料、糖之类的调味料都调得恰到好处，所以小排骨显得油光锃亮，非常好看。

第三个菜，是"拌双笋"。也就是莴笋拌竹笋，里面放了很多的葱。这个"拌双笋"也是当地的一道名菜，不断地散发着诱人的葱香。

第四道菜是儿子非常喜欢吃的海蜇皮，里面也放了很多的葱和胡椒粉等佐料。

第五道菜，是她到一家很有名的日本料理店"四季春"买的寿司。儿子自从吃了他老爸从飞机上带回来的日本寿司后，就喜欢上了这种用紫菜包裹，将糯米、墨鱼和芥末拌在一起的食品。

最后一道是甜点，桂花糖藕。这也是儿子非常喜欢吃的。

然后，雨燕丽拿出了两副筷子，两听粒粒橙的饮料。

"儿子吃吧。"雨燕丽恳切地对儿子说。

可是儿子仰望着天，对她做的菜不屑一顾。

她第二次对儿子央求道:"儿子,妈妈好不容易花了很多心思给你做的菜,你就尝一口吧!"

终于,儿子对着她咆哮道:"妈妈,你的事情,我气都气饱了!我不要吃你假情假意做的这些东西!就是山珍海味,我也不需要!你将来会为你的行为后悔的!实话实说吧,我不想再见到你!我要去玩了——"

说完,儿子就一溜烟地跑了出去。她像是遭到雷击,连呵斥儿子,或为自己辩解的机会都没有!

雨燕丽呆呆地看着这些自己精心准备的菜肴,委屈的泪水又像山间的瀑布一样直泻下来。"儿子是不会吃我做的菜了!"她一边把菜盒收拢到自己的包里面,一边责怪自己怎么这么不争气,怎么这么不坚强!

她觉得自己仿佛是一个遍体鳞伤的重病人,缓缓地从楼上走下来,走到客厅里面,只见婆婆在拣菜,似乎并没有看到她的存在,而公公看见她,也就轻轻地说了一声:"走啦?"然后就直接进了厨房。还好,振屏仍没有出现,否则,必定更加难堪。他一定是彻底死心了:一年来,他无数次地请假,到雨燕丽娘家去请求丈人丈母来干预、挽回他们的感情危机。但是,多年来同样迷恋搓"小麻将"、每月都能拿到女儿两千元救济金的丈人丈母,对此根本无能为力!

少顷,雨燕丽默默地走出了新别墅的门口。儿子也不知道到什么地方去玩了,她缓缓地向村口走去,一路上看到四周围的邻居也好,伯伯、婶婶也好,大家都用颇为鄙视的眼光瞥她。她非常的伤心,与其说她憎恨那些蔑视她的人,还不如说,儿子180度的大转变,是一支真正刺伤她心的毒刺。公婆和振屏到底对这个孩子怎么灌输的,他们为什么要在我们母子之间制造仇恨呢?但是,更加不妙的预感突然涌上她心头——

一年之前,她和小唐在外面悄悄租了一间房子,约好后,常常在那里同居。后来,唐骏终于跟自己的老婆离婚了,然后就动员她早日结束婚姻,跟他一起共建爱巢。所以，她还没有跟赵振屏离婚，就铁了心要背弃他，跟着唐骏走。她和小唐同居几个月后，其实，理智告诉她，自己与小唐之间已有裂痕，生活习惯上的差异，远比想象的要多得多。尤其是，自己至今没有找到工作，心境极差。但每次都是小唐认错，她就不去深究了。她已经输不起了。雨燕丽与赵振屏离婚后，立即和唐骏闪婚。在如胶似漆的蜜月过后，他俩各自的心灵上，事实上已经出现了某种"审美疲劳"。以至于，今天一早，她推醒小唐，想与他商量探望儿子事宜，小唐竟不耐烦地嘟囔道："我还在睡觉，等我醒了再说吧！"她听了，内心顿觉寒意。她本想发作："我落到这等地步，还不是为了你吗？……"但她还是忍了。

她轻轻地自言自语说："难道我错了吗？"走到这一步难道还能够打住吗？反悔吗？将来，我会不会跟唐骏也闹离婚呢？……不！不！不能再折腾了！……但是，如果以后唐骏嫌我老了，不合他的心意了，提出要分手，那怎么办呢？……

走了二十多步路，她不敢再细想下去，她回头看了看这栋非常漂亮的别墅。哎呀，这正印证了外面所传说的："别墅，别墅，别人住的住所。"在上海话里"别墅"和"别人住"的音读起来差不多。哎，希望自己能够住进别墅，是多年以来的梦想。结果呢，这个别墅将来还是要给别人住了。她自己是不会再住进这栋别墅了，而是像普希金的《渔夫和金鱼的故事》中的那个作天作地的农妇，重新住棚户简屋。而且，她的命运比那个愚蠢的农妇还要惨！那个农妇至少不会像她那样和丈夫一起，还要耗费15年的工夫，每个月去还2000元的房贷！"悲剧啊！"她仰天长叹，泪水又一次哗哗地流下来。

她忘了自己是怎么打开普桑的车门，坐上去的。离开吧，早点离开这片伤心之地，她的无聊之地。她在想，今后是否还要半个月回来看儿子一次？然而，儿子毕竟是她的心头肉，十月怀胎，作为母亲的怎么可能不思念呢？可是，如果每次回来都要受到儿子这样的轻慢和斥责，那作为母亲的话，等于裸着身体

被人家鞭打，这种感觉太令人难以忍受了。而且，自己娘家的所有亲戚都不赞
成她的抉择。她的孃孃甚至到她父母那里声明，从此断绝与雨燕丽的亲戚关系，
除非今后赵振屏带着她来上门认错，孃孃才会相认。

所以一路上，她一直在慢吞吞地开车，在思索同一个问题："到底何求？
我这样做的目的，到底是为了什么？"她觉得自己迷失了方向……

【后记】

我的文学之路

在翻看我出版的书时，孙女张诗闻有一次突然问我："爷爷，您的第一位语文老师是谁啊？"

我思考后如实告诉她："你的曾祖父。"

是的，我在文学上的第一位老师，应该是我的父亲。新中国成立以前，家父读的是私塾，也是一个文学爱好者，他除了能写一手遒劲漂亮的毛笔字外，给我留下十分深刻印象的是：从我懂事开始，他在教育我的过程中，会时不时冒出许多成语，信手拈来，俯拾皆是。在他的谆谆教诲当中，我学到了好多文学性很强的语言。由衷地感谢他老人家，我吟一首《悼春》的诗："春韵入园香，慈严却远航。残红谁再护？把酒问夕阳。"寄托我对于他的思念！

不知父亲能否在天堂里听到。

我学会走路，并且能够自己走出家门，是在两三岁的时候。反正是学龄前，所以有的是时间。爸爸妈妈经常会给我一两毛的零花钱，我呢，一般很少去买一些零食或者糖果吃，我会拿着这些钱去看小人书，也就是连环画。离我家几十米路以内，开着两三家小人书的书摊，走过去非常方便。开始，我看这些小人书的时候，书上的画面都是静止的，也不知道它的真正意涵。后来，渐渐地看出名堂来了，这些画页渐渐变成像电影一样流动的故事，令我爱不释手。长大后才知道，原来那时的连环画讲的都是中外名著里的故事，而且都是由大师级画家所绘。

　　上了小学，天天有语文课，给我印象最深刻的，是张法沫老师，他也是个文学爱好者，同时擅长书法和绘画。上语文课时，他经常会把我的作文作为范文来朗读，当然也指出了我作文里的一些不足和谬误，对我语文的提高很有帮助，也使我更加喜爱文学。

　　进了中学以后，有两个语文老师对我影响比较大，一个是陶云凤老师，另一个是徐福汀老师。徐福汀老师当时刚刚从华东师范大学毕业，不仅文学素养好，他的字也写得非常漂亮。所以，上他的课也是我的一种艺术享受。我一面听他讲语文课里面的好文章，一面又在临摹他的板书。可惜，好景不长，才读了两年，"文革"来了，导致我辍学九年。好在此时的我已经痴迷上了文学，即便屋外天翻地覆，我躲在家里，几乎天天读一些中外名著，这对我后来的人生道路影响极大。我发誓，将来一定要成为一名作家。当时阅读世界名著都要悄悄地进行，好多名作都被批判成大毒草。像托尔斯泰的《安娜·卡列尼娜》、雨果的《悲惨世界》、曹雪芹的《红楼梦》等，我都是拿着手电筒，躲在被窝里读完的。

　　恢复高考，我能够考进大学，执教于教育学院，1983年夏，又以高分考进了上海电视台，说实在的，大部分凭着过去那些年积攒下的这点文学功底。

　　在上海电视台，我担任大型名牌综艺栏目——《大舞台》《大世界》的编导。我一般不请人代劳，帮助我写小品、串联稿和唱词。只要来得及，大多由我自己独立完成。在电视台工作的三十多年中，我还每每利用空隙时间和深夜从事剧本、小说、散文的创作，故有近十台大戏搬上舞台，还出版了几本文学书籍。退休以后，除了在几所大学担任客座教授外，我更多的是把精力投入文学创作，把以前几十年来写的许多文字整理成书。当然开始的时候，还是比较业余的，渐渐地就踏上了正轨，先加入了上海市作家协会，后来又加入了中国作协，也算是实现了儿时的梦想。

　　我一生中，舞台剧和影视剧的剧本写得比较多，小说写得还不够多，出版完全的小说选集，这还是第一本，相信以后还会有。

《风铃》这部书里，收录我近年来创作的 14 篇中短篇小说。写小说，我总的体会是，首先：求真。故事的内核，或者说主要的情节一定要真实，也就是说，尽量从现实生活去观察和寻觅。其次，一定要有一个比较完整的架构，而非故弄玄虚，有意将故事搞得支离破碎，看后让人丈二和尚，摸不着头脑。然后才是表述方式，即所谓的写作技巧。变化可以莫测，但万万不能让人看后一头雾水，不知所云。或许，我的说法太传统、太老旧。但我还是要实话实说。我写小说，始终追求真善美，喜欢抓取一些让我有所触动，或比较感动的事情，或者遇到的给我留下深刻印象的人。然后再去考虑这篇小说的结构、情节的编排，最后才是叙事的技巧。

写小说，我还在探索、摸索之中。大家可以看到，我写的小说，表述方式的变化还是比较多的，视角有点独特，但有几部作品还是过于直白，有些作品还欠认真打磨，恐怕里面的毛病、问题还不少。此次出版，也有抛砖引玉的意思，衷心希望广大读者、行内的一些小说家，包括一些文学评论家，多提宝贵的意见，以便让我提高改进。

2021 年 2 月 5 日于沪上枣树斋